果然我的
青春戀愛喜劇
搞錯了。⑪
My youth romantic comedy is
wrong as I expected.
渡 航【Wataru WATARI】
繪者／ponkan⑧
U0013402
日本小學館正式授權繁體中文版

果然我的青春戀愛喜劇搞錯了

My youth romantic comedy is wrong as I expected.

登場人物【character】

比企谷八幡………本書主角。高中二年級，個性相當彆扭。

雪之下雪乃………侍奉社社長，完美主義者。

由比濱結衣………八幡的同班同學，總是看人臉色過日子。

戶塚彩加…………隸屬網球社，非常可愛的男孩子。

川崎沙希…………八幡的同班同學，有點像不良少女。

葉山隼人…………八幡的同班同學，非常受歡迎，隸屬足球社。

戶部翔……………八幡的同班同學，負責讓葉山團體不會無聊。

三浦優美子………八幡的同班同學，地位居於女生中的頂點。

海老名姬菜………八幡的同班同學，隸屬三浦集團。是個腐女。

一色伊呂波………足球社的經理，高中一年級。當選為學生會長。

折本佳織…………八幡的國中同學，目前就讀海濱幕張綜合高中。

平塚靜……………國文老師，亦身為導師。

雪之下陽乃………雪乃的姐姐，大學生。

比企谷小町………八幡的妹妹，國中三年級。

1

冬天總是在人察覺其到來時便已消逝

這是時間來到二月後沒多久發生的事。

冬天的寒冷依舊嚴峻，每當乾燥的北風吹過，教室窗戶的玻璃就會咔噠作響。

放學前的班會結束後，氣溫似乎又下降了些。由於我的座位靠近走廊，享受不到暖氣，還有寒風從沒有閉緊的門縫鑽進來。每當寒風輕輕拂過頸子，我就會打個冷顫。

可是往窗邊一看，就能發現太陽離地面還有一段距離。白天的時間越來越長。立春的日子即將到來。每年我都忍不住這麼想：冷成這樣還說什麼立春的人，根本是腦袋有問題吧？

但俗話說得好：「冬天來了，春天還會遠嗎？」

放學後的教室也逐漸瀰漫著春天到來般的氣氛。

剩下不到一個月，便是驚蟄。

因為暖氣的緣故，教室的春天來得比日曆上更早。班上同學也突然恢復活力，就像冬眠的蟲子、青蛙和蛇重新甦醒一樣。

其中又以位於暖氣正下方的窗邊座位看起來特別溫暖。聚集在該處的一群人格外有精神，今天也發出引人矚目的洪亮交談聲。

「欸突然想吃甜的耶，這種時候要是有那個就太棒了。」

戶部一邊撥弄後髮一邊這麼說，大岡與大和猛拍大腿表示贊同，然後同時指著戶部說：

「是那個吧。」

「你想說那個對吧。」

三人不斷地眉來眼去。

「因為……巧克力，棒？」

戶部一本正經地這麼說之後，三人一同露出「幹得好」的表情看向彼此，並且偷偷瞄向女生們……嗯，我還以為春天快到了，不過看來現在果然還是寒冬！

但三浦的反應比他們冷掉的搞笑短劇還要冰冷。

「……啊？」

她短短應了一聲，對戶部等人翻起白眼，就算是這三個笨蛋也立刻乖乖閉嘴。

由比濱和海老名對此只能苦笑。

「啊，這麼說來，確實是快到了……」

葉山出面圓場，大岡與大和趕緊點頭附和。

「隼人是無所謂啦，但我們的情況可就不妙了。」

「沒錯。」

大岡一臉嚴肅地說，大和也深表贊同。從他們的話語中確實聽得出情況的嚴重程度，可是，這個見風轉舵處男的乖僻個性還真是爛到令人佩服的地步……當我這麼想時，戶部一邊傻笑一邊拍拍葉山的肩膀：

「哎呀……不過隼人基本上從不接受別人送的巧克力。」

「真的假的？太浪費了吧！」

大岡的叫聲讓葉山露出苦笑。原來如此，他八成是為了避免不必要的麻煩，才會做出這種選擇吧。

不過，如果站在愛慕葉山的女孩子角度來看，或許不太能接受。身為其代表人物的三浦正默默聽著戶部等人對話，一臉無趣地轉頭望向別處。

看到這樣的三浦，由比濱輕輕叫了一聲。

「啊，可是，收到不認識的人給的巧克力，感覺有點可怕呢。」

她自顧自地點點頭，彷彿在說「我懂我懂」。海老名也一本正經地伸出手，打斷眾人談話。

「等等。從來不受的意思就是……攻。所以比企鵝同學是受嗎？」

話音剛落，三浦就往她頭上巴下去。那女的一臉認真，說出來的卻是什麼鬼話……但老媽子性格的三浦仍不忘把面紙塞給她。

「海老名，鼻血。」

「啊，謝謝、謝謝。」

海老名收起「呼嘿～」的怪笑，用面紙把鼻子擤乾淨。三浦見了露出溫柔的微笑。因為就在暖氣旁邊以及其他種種因素，聚集在那裡的每個人感覺都暖洋洋的。

不，不光是他們和她們，整間教室都洋溢著這樣的溫暖氣息。以戶部為首的笨蛋三人組自然不提，班上隱隱約約地瀰漫一股躁動。

情人節馬上就要到來。

這是一年一度，可以從媽媽和妹妹手中收到巧克力的日子。

若要說情人節是備受祝福且充滿愛的日子，其實有不少商榷餘地。從歷史考據的觀點來看，這其實是血腥的一天。某聖人受難的故事無須多說，這天還是黑幫展開激烈鬥爭的日子（註1）。更何況對千葉人而言，聽到 Valentine 就應該先想到巴比才對（註2），戶部等人有想到這些嗎？沒有，因為他們只想到巧克力。

註1　一九二九年二月十四日，美國芝加哥發生情人節大屠殺事件，七名幫派分子遭到集體槍殺。

註2　巴比・瓦倫泰（Robert John "Bobby" Valentine），日本職棒千葉羅德海洋隊知名總教練。

然而，不管我這種小人物如何高聲疾呼，世人的認知也不可能因此改變。要是我真的大肆宣揚「一切都是糖果業界的陰謀啦」，反而會被貼上無知愚昧的標籤。

情人節已經變成這個國家的獨特文化，深植在每個人心中，就跟聖誕節一樣。說不定以後連萬聖節也會跟日本文化合而為一，變成日本專屬的固定節日，與夏日祭典、盂蘭盆節跟春分秋分的掃墓活動無異。

畢竟這只是個人喜好問題，是否正統其實並不重要。不管是聖誕節還是情人節，如果要否定就該大聲說出「反正我就是討厭！」

我每年都能收到小町另有所圖而送的巧克力，所以並不是那麼討厭情人節。倒不如說，做為最喜歡小町的哥哥，我每年都在期待這一天到來。

不知道她今年會用原價多貴的巧克力要求回禮……當我在心中期待著為老妹破財的愉悅時，教室內突然出現一陣騷動。

「絕對來不及了啦！」

「放心。現在還來得及！加油！不要放棄！」

我轉頭看向騷動處，女生階級中的第二、第三層居民正忙著織圍巾和毛衣。剛才那簡直是輕小說作家和責編的對話。依我看，那根本就來不及了吧？情人節已經近在眼前，進度才只有一成左右耶……與其拚命試圖趕上進度，不如想辦法延後死線還比較實際且有建設性吧！

看著這幅悲痛光景的，似乎不只我一人。

三浦用手指捲著自己的頭髮，喃喃道：

「……不過，手工巧克力感覺有點沉重吧？多少能理解不想收下的人的心情。」

她看似無心的話，卻使另一個人發出細微的嘆息。

「沉重……說得也是……」

由比濱用被略長的毛衣袖子蓋住的細長手指，撥了撥淡紅色的頭髮，露出有些為難的笑容。

看到她的笑容，我突然回想起過去發生的事。

那已經是好一陣子之前的事了。

——手工餅乾啊……

她到底想為誰做餅乾呢？我一邊思考這個問題，一邊偷瞄她，結果兩個人的視線對個正著。我們不約而同地默默別開臉。

「不過比起形式，親手做的心意才是最重要的。」

葉山夾雜著苦笑的聲音傳來。

「有道理！嗯……我好像也有點憧憬那種感覺喔？」

戶部立刻猛拍大腿表示贊同。然而斜對面的海老名卻交抱雙臂，挪開視線道：

「但手工要是做得太隨便，很容易就會被看出來，再說材料成本也不高，如果不是很有自信，實在不太敢拿去送人。還是選現成的巧克力比較安全吧？」

「說得也是！」

海老名的話讓戶部立刻改變立場……喂，你好歹再堅持一下吧。

「哼嗯……手工巧克力啊……」

三浦發出興致缺缺的聲音，接著一群人又開始大聲嘻鬧。

在他們之間，不久前還存在的隔閡已然消失。

葉山誠實地扮演大家所期望的葉山隼人，三浦試著慢慢縮短彼此距離。至於戶部和海老名嘛……雖然看起來和平時沒兩樣，但經過這段時間後，也營造出只屬於那兩人的氣氛。

由比濱則開心地注視著這一切。

儘管位於浮躁的教室中，那群人所處的地方仍像緩緩到來的春天，逐漸變得暖和。那幅景象頗為耀眼，我忍不住瞇起眼睛。

×　×　×

通往特別大樓的走廊充滿冰冷乾燥的空氣。我的嘴唇乾裂，皮膚也緊緊繃著。

教室的窗戶玻璃上結了露，走廊窗戶則不見一絲霧氣，清晰得可以將校舍中庭盡收眼底。中庭內只見枝葉落盡的枯木，以及裸露在外的花壇泥土，呈現出不同於北國、顯得灰撲撲的茶色冬景。

千葉的冬天不太下雪。即便是在本來就不常下雪的關東地區，降雪量也是屈指可數的少。雖然新聞說東京上個月降雪了，千葉當時可是連一點雪花也沒見著。

正因為完全沒有冬天的氛圍，感覺更是格外寒冷，這裡相較於剛才的教室，體感溫差也大得多。我把脖子上的圍巾拉高了些。

那間教室的那個地方之所以顯得溫暖，並不是因為距離暖氣較近，而是因為所有隙縫都被從內側堵死了。

那些人肯定將如同葉山，以及大家所期望的那樣，不會出現戲劇性的結局，而是平穩且溫暖地迎接最後一刻。彷彿世界與人生終結時那樣。我確切感受到，幸福與和平都是靠著某些人的努力而得以存在。

或許他們也是透過先前度過多次寒冬的經驗，才理解春天即將到來吧。

不光是溫暖，春天帶來的還有虛幻的離別。有句話是這麼說的：「花發多風雨，人生足別離。」

重新分班後，各自將建構新的人際關係，明年的此刻，又將忙著準備考試，不會再來學校。因此，大家都想安穩地迎接最後一刻，珍惜著這個冬季的每一天。

那個地方明明顯得很溫暖，我卻感到微微的寒意。當我一邊在圍巾裡小聲嘀咕著「好冷好冷」，一邊漫步時，後方傳來急促的腳步聲。

我正準備回過頭，肩膀就被拍了一下。定睛一看，原來是一臉不滿地鼓起臉頰的由比濱。

「你幹麼一個人先走……」

「我又沒說要跟妳一起走……」

我無法接受她的態度，不太高興地這麼說後，由比濱半張著嘴，略顯難為情地摸了摸頭髮。

「……我還以為你在等我。因為你在教室多待了一陣子……」

「倒也沒那個意思……」

說出這句話的同時，我開始思考自己為何留在教室。由比濱之前確實多次邀我一起去社辦，所以，我說不定真的在等她過來招呼。

不過，我很快又想到另一個合理的理由。

「只是有點在意葉山和三浦的情況。」

「啊……嗯。他們好像沒問題了。真是太好了。」

由比濱輕輕吐了口氣，微微頷首，走到我前面幾步的地方，在沒有其他人影的走廊轉過身體。

「總覺得，那種感覺真好。雖然大家想的事情都不一樣，但都很珍惜現在的時光，感覺，還是現在這樣最好……」

她臉上掛著柔和的微笑，吟味著自己說出的一字一句。

「說得也是。也許現在真的是最美好的時光。」

「喔，難得你會說出這種樂觀的話——」

「想起過去就後悔得恨不得死一死算了，想到未來又不安得快得憂鬱症。以消去法來看，現在應該算得上幸福吧。」

「果然還是一樣悲觀！」

由比濱氣得鼓起臉頰，垂下肩膀快步走向前方，然後開始碎碎念：

「每次都馬上就說這種話……都不會看看氣氛……」

「氣氛啊……」

比如說……

現在這種情人節的氣氛嗎？

那我應該也能理解。我偶爾也想向其他人學習，順著氣氛做些傻事，然後用一句「氣氛使然」輕輕帶過。

試著像這樣心懷期待，繼續傻傻地等待。

不過，我認為只有等待是不行的。

一味等待是不誠實的行為。

不管前方存在什麼樣的答案或結局，都應該把虛偽、欺瞞和猜疑放到一旁，勇敢踏出一步，之後再來慢慢後悔。

所以我決定順著現在的氣氛，開口問看看。

「對了……」

我努力擠出嘶啞的聲音。由比濱回過頭，歪頭注視著我，等待我接下來要說的話。我沒辦法正面承受那樣的視線，稍微把臉別向一旁。

「……妳最近，有空嗎？」

「咦？嗯、嗯，應該……有空是有空啦，可是……」

她略顯驚訝地胡亂揮舞雙手，慌慌張張拿出手機，下一秒又停住不動。

由比濱瞥了社辦的門一眼，然後不再說話，還露出不同於剛才的失落表情。

她的表情讓我有些意外，但我不敢詢問其中的理由，只能跟著陷入沉默。走廊的空氣變得異常冰冷乾燥，喉嚨深處彷彿卡了某種東西。

或許我不該在這地方問這個問題，也或許我該換個更好的問法。還是說，像這樣刻意再確認一次其實不太自然？

我實在沒什麼自信。

沒辦法繼續開口，我只能縮著身體，用低垂的視線偷瞄由比濱的臉龐。她略顯困惑的笑容，讓我不由得屏住呼吸。

為了打破沉默，由比濱快速地說：

「我要想一下，晚點再說吧！」

「……喔，好──」

不知道是因為放心還是全身無力，也或許是其他原因作祟。

總之，我的話語聲隨著深深的嘆息一起吐出，而由比濱沒有等待我慢半拍的回答，就直接走向前方、打開社辦大門。

× × ×

大門應聲敞開。我一走進社辦，溫暖的空氣立刻包圍上來。

這裡的人數遠遠低於教室，卻不可思議地更覺溫暖。也許是因為陽光比較容易照到社辦所在的特別大樓吧。

在和煦的日照下，雪之下雪乃坐在她的固定位子上。她從手中的文庫本抬起頭，輕輕撩起長髮，露出溫柔的微笑。

「午安。」

「嗨囉，小雪乃。」

「嗨。」

由比濱舉手回禮，我也和往常一樣隨便打聲招呼後，大家便坐到各自的位子上。不需要宣告自己的座位，也不是被別人強迫這麼做，大家都在不知不覺間找到屬於自己的位置，並對此毫無疑問。這種感覺比我想的還要舒服。

正因如此，陌生的面孔讓我感到相當不自然。

「學長，你慢死了～」

「為什麼妳會在這……」

這個大剌剌地趴在桌上、雙腳不斷晃啊晃還滿嘴怨言的傢伙，正是本校尊爵・不凡的學生會長——一色伊呂波。她故意鼓起臉頰，氣呼呼地別開臉，舉手投足都充

滿小惡魔的算計……話說，這傢伙比我和由比濱還早到，看來疾如某風的傳聞是真der～（註3）

「雖然我先過問她來這裡的目的，但她只說要等你們來，就一直待在這裡了。」

雪之下的話語夾雜著嘆息，斜眼看向一色的視線更是冰冷。儘管如此，她還是意外地有好好端出茶招待客人。真是的，連招待客人的方法都有這麼多種，哪家公司快點做成遊戲，就叫做《招待collection》。大家說好噗好！

至於一色本人，則是完全不將雪之下的冰冷視線當一回事。她把身體轉過來，用手遮住嘴巴，像是要透露什麼祕密般地低聲告訴我：

「我剛進門時，雪之下學姐笑得超燦爛，但馬上露出失望的表情……然後就一直都是那個樣子了。」

喔是喔……沒辦法，誰教妳每次出現肯定都沒好事嘛。哈哈哈。話說回來，這傢伙到底為何出現？正當我想著這個問題時，一旁傳來輕微的咳嗽聲。

「……一色同學？」

雪之下一副笑容滿面的模樣。啊，我認得這個！這是小雪乃發飆時的笑容！

「哇……哇啊啊！對不起！我來這裡真的是有事情要找各位商量！」

不知道是不是出於條件反射，一色一看到雪之下的笑臉，嚇得立刻把我推出去

註3　指遊戲《艦隊collection》角色「島風」之臺詞「疾如島風」。其配音員與動畫版一色一呂波為同一人。

當擋箭牌。喂，快住手，我也會怕她那種笑容耶。

「好、好了啦。妳說要商量的事，和學生會有關嗎？」

由比濱出面打圓場，向一色招手說道。一色立刻一改先前的態度，喊著「結衣學姐人真好～」若無其事地回到原本的位置。

我看向一色，用眼神詢問她來這裡的目的。結果她露出更加滿不在乎的表情，輕輕揮了揮手。

「其實啊，學生會比我想的還要清閒耶。」

「啥？」

這傢伙說的話還是一樣莫名其妙……別人之前才因為妳的緣故忙個半死……不對，正是因為那件工作落幕，所以現在才覺得閒閒沒事幹嗎？難道她也罹患了高壓高密度的工作高峰期過後，整個人會徹底放空的燃燒殆盡症候群……是說，總覺得燃燒殆盡的人應該是我，不曉得一色是否也有同感？為了搞懂那番話的真正用意，我死盯著一色不放，結果她用食指抵住下巴，歪起頭裝可愛。

「學校最近沒什麼活動，副會長和其他人也超級認真地幫忙處理各種小事，我只要等到最後，在年底的報告書上蓋章就行了。」

哦～雖然我對學生會的工作內容不是很瞭解，不過說不定就是這麼回事。三年級生都忙著準備大考，校方也正為了新生的入學考試忙得不可開交。

這麼一來，在校生自然比較不受關注，所以學生會可能真的很閒吧。

「所以沒什麼事情時，我就讓學生會跟著放假。」

天啊，這老闆太佛心了……反觀這個社團，明明無事可做還硬要我們待在社辦百分之百是黑心企業！

黑心企業的老闆點了點頭，用手輕撫下巴。

「妳不是還有社團活動？」

被雪之下歪頭這麼問，一色有些難為情而羞紅著臉，故作可愛地別過頭去。

「…………因為，現在參加足球社活動會很冷嘛。」

根本用不著她難為情，連我聽到這個理由都覺得丟臉。雪之下頭痛似的按住太陽穴，由比濱則是尷尬陪笑。

「啊哈哈……那妳說的事情是？」

被她這麼一問，一色清了清喉嚨，然後轉身面對我。

「話說回來，學長，雖然怎樣都無所謂，你喜歡吃甜食嗎？」

「葉山不管是什麼都會高興地吃下去吧。」

我已經徹底掌握一色的行動原則。她見自己的意圖一下就被拆穿，一臉無趣地鼓起臉頰。聽到這番話的由比濱，立刻想起稍早的事。

「啊，可是我聽說隼人同學不收巧克力喔。」

「咦——？為什麼？」

「……我……我也不知道耶。」

由比濱也回答不出所以然。雪之下聽到這裡，輕輕嘆了口氣。

「當然是因為會引起爭執啊。小學的時候，每到情人節隔天，班上氣氛都變得很差……」

「啊……」

「啊……好像可以理解。」

一色和由比濱都點了點頭。嗯嗯嗯，我也可以理解！

隔天的教室肯定會像「互打免費☆只有女生的缺席魔女審判～還能打小報告喔～」那樣超級熱鬧，我可以輕易想像到畫面。畢竟，女生之間的話題大多是其他女生的壞話嘛（據本人調查）。

我對此感到不寒而慄。在那種黑社會——更正，是女性社會存活下來的一色，也輕輕嘆了口氣。

「那不然，將就點告訴我學長的喜好也行。學長，你喜歡吃甜食嗎？」

「妳問問題的方式不太對吧……」

明明就是一模一樣的問題，但還真難老實回答。總覺得這種問法超沒誠意的。

正當我這麼想時，旁邊突然傳來椅子搖動的聲音，原來是由比濱整個人往前探出身體。

「他喜歡吃甜食喔！」

「確實。」

另一方面，雪之下不知為何擺出一副了不起的態度，露出有些咄咄逼人的微笑。一色有點被嚇到，說話開始含糊起來。

「雖然不曉得為什麼是妳們兩位回答……不過這樣正好！」

「噢……等等，好在哪？」

「我正為了該做得多甜而煩惱。畢竟每個人的喜好都不一樣嘛。」

一色自說自話，完全無視我的問題。但這句話讓雪之下感到不解。

「該做多甜……一色同學，妳打算親手做？」

「真是意外……」

被我這麼一說，一色顯得不太高興。

「為什麼這麼說？我很擅長做點心喔。」

「真好。我也有在學做點心，可是一直沒有進步……」

一色得意地挺起平坦的胸脯，相對地，顏面無光的由比濱則縮起身體。唔……挺出來的胸部看起來反而比較小，遠近感好像怪怪的……這透視圖有問題吧？總之先向動畫公司反應，請他們出藍光時修正作畫吧！

話說回來，由比濱的情況應該不是只有「不擅長」的程度？算了，不重要。跟胸部比起來不過是個小問題。

「結衣學姐，料理一字記之曰心。手工點心最看重的是溫柔、為對方著想的心意。只有學會為對方著想，才是提升廚藝的捷徑。」

由比濱失落地垂下肩膀，一色輕拍她給予安慰，並且豎起指頭，帶著柔和的笑容鼓勵她。

「對方是對做點心一竅不通的男生對吧？所以放心吧，要訣其實非常簡單。壓低成本大量生產，接著在最後下點功夫，針對要送的人進行調整，就能輕鬆擄獲男生的心。」

「為對方著想的方向根本搞錯了吧……而且妳所謂的溫柔也完全是針對錢包……」

「想法本身沒錯，所以反而更惡質呢……」

「總覺得開心不起來……」

被人說成這樣，連一色也有些招架不住。她不知道該如何繼續拗下去，只能勉強轉移話題。

「哎呀，剛才我只是開開玩笑，模仿學長而已……總之就是這麼回事，我需要做人情巧克力的參考意見。學長，你喜歡什麼樣的甜食呢？」

「甜食啊……這個吧。」

我從書包裡拿出某樣東西——不用說，當然是ＭＡＸ咖啡。因為這對我而言是特別的存在。

我把Ｍ罐放到桌上，三人立刻訝異地看了過來。

不對吧，她們那狐疑的眼神是怎麼回事……發現收到的甜點禮品是ＭＡＸ咖啡時，不會有哪個千葉人露出厭惡的表情——雖然我想這麼說，現場氣氛似乎不太對……

默默盯著M罐的由比濱悄聲說道：

「……這個我說不定也做得出來。」

「妳這蠢貨，說什麼傻話？勸妳別嗆M罐喔。妳該不會以為這只是加了砂糖和煉乳的普通咖啡吧？開玩笑也該有個限度好嗎給我識相點喂。」

「居然真的怒了！」

廢話。M罐可不是加了煉乳的咖啡那種騙小孩的飲料。說是加了咖啡的煉乳，我還比較能接受。若只是照著同樣的成分調配，絕不可能做出那種黏稠的甜味，這可不是外行人隨便學得來的。

一色用指尖抵住嘴脣，像在評估般開口：

「可是這樣就超出預算了。」

「雖然我不知道妳打算做多少，但一個巧克力低於一百三十日圓，會不會把成本設定得太低了點……」

雪之下揉著太陽穴，不可置信地說道。不過，她的擔心是多餘的。

「沒問題。要買M罐的話，只要選對店家，一次買整箱還會更便宜。」

「自閉男是有多喜歡M罐啊……」

「這可能是一直吃不到甜頭而產生的反動。因為我向來只有吞苦頭的份。」

我不由得苦笑一聲。雪之下撥開垂在肩膀上的頭髮，露出好勝的笑容。

「苦頭不應該吞，而是用品嘗的。」

「沒差吧，反正結果都是在吃苦。我希望將來能嘗一輩子的甜頭。」

「看來你嘗到的不是苦頭，而是人生……」

雪之下深深嘆了口氣。她說的沒錯。我嘗遍各種苦頭，也嘗盡了人生的滋味。由此可知人生等於苦頭，人生是痛苦的！

當我想著這些無關緊要的事時，一色對我發出嘲笑。

「唉……算了，這種事根本無所謂。」

好過分，居然說我的人生無所謂。一色把紅茶一口喝光，然後放下紙杯，轉頭看向我。

「我是希望學長以人情巧克力的標準思考剛才的問題。」

「人情巧克力啊……」

我搔搔腦袋，很快地回想一下。但我從來沒收過人情巧克力，所以也不明白她說的標準。沒辦法，誰教老妹給我的是本命巧克力呢！

我的想法似乎全寫在臉上，一色見了，露出不懷好意的笑容。

「喔~學長沒收過巧克力對吧？可是，男生不是都會比收到的巧克力數量嗎？要是一個都沒收到，應該會打擊到你身為男生的自尊吧？」

「我才不需要那種自尊……怎麼，難道情人節其實是某種體育競技？」

儘管決定勝負的方式簡潔明瞭，誰得到較多巧克力誰就獲勝，規則上卻漏洞百出。尤其是人情巧克力這種充滿越位陷阱的東西！不管怎麼想那玩意兒都應該立刻被判紅牌驅逐出場吧。對了，越位到底是什麼？不懂足球規則的一日球迷＝在下我本人。

雖然扯了一大串，但一色似乎認為我只是在逞強，根本沒有放在心上，還用莫名溫柔的眼神看向我，無奈地嘆了口氣。

「真拿學長沒辦法，既然這樣……」

「妳沒必要擔心這種事。」

雪之下打斷一色的話。她輕輕撩起頭髮，露出從容不迫的微笑，與呆呆地半張著嘴的一色形成強烈對比。

「咦……雪之下學姐該不會……」

雪之下不等一色說完，便溫柔地笑了起來。

「因為，比企谷同學根本沒有可以比較的朋友。」

「啊……原來如此……」

一色不斷點頭，我也跟著她一起點頭，感覺有點像是雞舍裡的兩隻小雞。原來如此，她說得沒錯。沒朋友的人跟不存在競爭原理的原始共產主義沒兩樣啊……雖然原始到只有一人規模本身便是個問題……

正當我要開始深入思考，真正的和平為何物時，在旁聽著我們對話的由比濱不滿地鼓起臉頰。

「我是覺得不需要擔心啦……要收到巧克力應該沒什麼問題……對吧？」

她用有些含蓄的眼神看過來。

我也輕輕微笑以對，點了點頭。

「咦……？難道說……」

一色的視線在我和由比濱之間來來去去。她充滿困惑的雙眼與我對個正著，我忍不住從喉嚨深處發出勝利的笑聲。

「呵，沒錯……因為我還有小町啊！」

所以我鐵定能收到巧克力！萬歲！有妹妹真是太棒啦！如果有妹妹就好了！

但一色只是茫然地微微歪頭。

「咦？小町……誰啊？米？」

「不是米啦。」

怎樣，一色家常吃秋田小町嗎？我倒是希望秋田小町再和JA羽後（註4）外的地方推出新的萌米。應該說，JA千葉給我動起來啊。

「啊，小町是他的妹妹。」

經過由比濱說明，一色露出一點都不感興趣的表情，發出不以為然的聲音。

註4 JA為日本農業合作社之簡稱。包含秋田小町在內，羽後農業合作社曾推出數款以美少女插畫行銷包裝之產品。

「這麼說來，學長好像是有個妹妹。」

「是啊。」

我有一個世界級的妹妹。不，應該說是全世界的妹妹才對。

我自豪地回答後，一色換上訝異的表情，用瞇到不能再細的雙眼盯著我，狐疑地問道：

「……妹控？」

「笨蛋，才不是。」

雖然我如此辯駁，旁人的反應卻相當冷淡。

「……好像，沒辦法，否定。」

由比濱說完後，雪之下也一臉沉痛地低下頭。等等，妳們好歹幫我說說話吧？

一色見了兩人的反應，頻頻點頭如搗蒜。隨後她豎起食指抵住下巴，笑容滿面地偏過頭：

「學長果然喜歡年紀比較小的女生呢。」

「不，沒這回事。」

不管年紀比我大還比我小，我對全年齡層的女生大多都不擅長應付。

我隨口敷衍過去，一色非常不明顯地暗暗啐了一聲。

「那……」

她清清喉嚨，確定能發出聲音後，先抬起眼睛偷看我一眼，又立刻別開視線。

一色緊緊抓住胸前的制服，用微微顫抖的手整理亂掉的裙子。她的眼神有些溼潤，嘴裡吐出溫暖的氣息。

然後用斷斷續續的聲音開口問道：

「學長討厭……年紀比較小的女孩子嗎？」

…………我當然──不討厭囉！嗯！真要問我喜不喜歡的話，答案應該是喜歡得要死吧！

由比濱輕輕嘆了口氣後，無奈地看向一色。

「這應該和年紀無關，是看言行舉止吧……」

「……我想也是。」

嗯，我也贊成這個意見。我差不多已經對她這招產生免疫力了。一色似乎對我的反應不太開心，眼神流露些許恨意。

這種態度讓我不由得苦笑。

雖然覺得一色的言行舉止和她本人都很有魅力，但基於某些理由，這對現在的我不太管用。如果是以前的我，肯定馬上被迷得神魂顛倒。

在這些理由之中最重要的一個，簡單來說就是──

「只要是妹妹，不管年紀比我大還小我都喜歡。」

「妹控比喜歡小女生還更無藥可救啊！」

由比濱悲痛的叫聲在社辦內響起，一色也一臉難以置信地拚命點頭。怎樣啦，光是想像一下年紀比我大的小町，就忍不住想抱緊處理不行嗎？我轉頭尋找贊同我的人，結果只看到雪之下板起臉孔，交抱雙臂，一副若有所思的樣子。

「所謂的年紀小，要以什麼為基準？學年？出生年份？還是只要生日稍微晚一點都算是比自己小……定義太不明確了，首先應該釐清這點。」

雪之下小聲嘀咕後，由比濱立刻拍一下手。

「啊，可是自閉男跟大他一點的姐姐型女生比較速配喔……大概吧。不，絕對是這樣沒錯！」

她緊握的拳頭似乎莫名使勁，不過小弟我並沒有這方面的堅持。

「……年紀沒這麼重要吧。如果只差個一歲也沒什麼太大的差別。」

重點還是要看收入！養不養得起我非常重要。就這點來說，我家小町就把我照顧得舒舒服服！那傢伙有成為頂尖飼育家的才能。

聽到我這麼說，一色發出不滿的聲音：

「咦？是這樣嗎？難道葉山學長也是這麼想的嗎？」

「不，我不知道葉山的想法。」

「可是可是，學長你之前不是說，我身為學妹的立場是種優勢嗎？」

「喔，我是說過啦……」

被她這麼一提我才想到。

說起來，這傢伙也算是我的學妹啊……由於一色對我的態度沒有一絲敬意、尊崇、尊敬或尊重，才讓她感覺起來不太像個學妹……

還有，這傢伙是不是太看輕我了點？就算我名字的英文縮寫是兩個H，加起來正好變成H2，也不代表我跟氫氣一樣輕。而且這也不代表某部棒球漫畫是棒球成分稀薄的棒球漫畫（註5）。相反的，我認為那根本不是棒球漫畫，而是青春戀愛喜劇漫畫。那部作品實在太經典，我每年暑假都一定要全部重讀一遍。

「應該說，妳是四月出生的，我們實際年齡的差距還不到一年，所以我一點都不覺得妳比我小。」

以我自己的感覺而言，大概要差個兩、三歲才有年長年幼的區別，像是小町或陽乃那樣。至於平塚老師那種等級嘛……嗯。

事實上，我跟一色之間的年紀差距只有八個月，雪之下跟一色甚至只相差三個月左右。

雖然我這麼想，但一色本人似乎不這麼認為。她露出呆愣的表情，對我頻頻眨眼。

「…………」

「是怎樣……」

「啊，不……只是覺得有些意外……」

聽到我的聲音後，她才像要掩飾什麼似的，輕輕撥弄自己的瀏海。

註5　日本漫畫家安達充的著名作品，亦譯作《好逑雙物語》。

另一方面，坐在對面的由比濱卻誇張地移動椅子，拉開和我之間的距離。

「好可怕！為什麼你知道她的生日？好噁心……抱歉，因為真的很噁心……」

「……你調查得真清楚呢。」

而雪之下則是動也不動地面帶微笑。比起和善的笑容，那表情更像是笑面青江（註6），散發出異常凜冽的魄力。

「沒有啦，她之前要小聰明刻意告訴我的，只是毫無意義的自我宣傳……」

「毫無意義？那、那才不是毫無意義！還有，我才沒耍小聰明學長這樣才是在耍小聰明！」

一色猛然起身，伸出食指指向我。還有，我才沒耍小聰明，一色才是那個耍小聰明的人……

「我的記憶力超好，別想賴給我……話說回來，既然妳已經沒事，就趕緊回去學生會室或足球社吧。」

被我這麼一說，一色雖然不滿地嘟起嘴脣，仍心不甘情不願地乖乖準備離開社辦。這孩子又來這套。好好好，很聰明很聰明。

我、雪之下和由比濱都面帶苦笑，目送著一色離去的背影。這時，外面忽然有人輕輕敲響侍奉社的大門。

註6　日本名刀。由鎌倉時代備中青江派刀匠所打造，據傳曾將帶著詭異笑容的女幽靈一刀兩斷而得名。

2 於是，女生之間的戰爭開始了（也有男生喔）

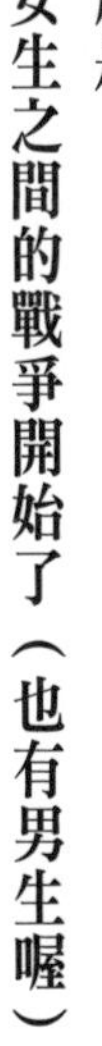

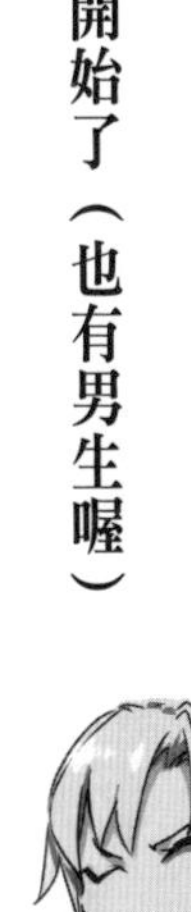

我默默盯著大門好一陣子。

正要離開社辦的一色看看大門，又看看我們，最後靜靜地坐回到原本的位子。

我想也是，在這個時間點離開社辦、與訪客撞個正著，感覺應該很尷尬吧。

沒多久後，從薄薄的牆壁後方傳來喧鬧聲。

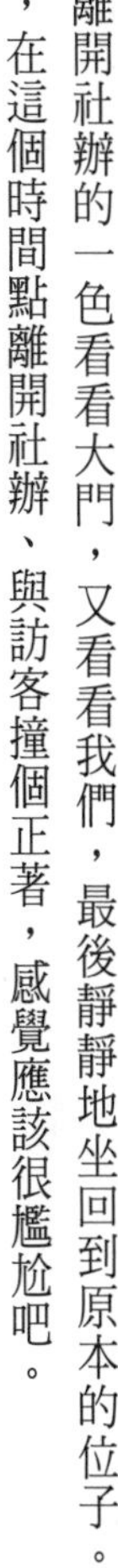

「我才不需要來這種地方求助……」

「沒關係啦，我也不擅長這種事啊。」

傳來的是耳熟的帶刺話語，以及平穩中帶點強硬的聲音。

接著，是一陣比剛才更有節奏感的敲門聲。

「請進。」

雪之下輕聲說完後，大門微微開啟，海老名從門縫中探頭進來。

「哈囉哈囉～可以打擾一下嗎？」

「姬菜？啊，先進來再說吧！」

由比濱輕輕招手，海老名也馬上點頭。嗯，要是她們快點進來，我就不用受太多風寒了。畢竟我的座位就在門口附近……

「打擾了。」

海老名打聲招呼便走進社辦，一臉不情願的三浦也默默跟著走進來。

「請問兩位有什麼事？」

雪之下這麼問道，三浦露出難以啟齒的模樣，瞥了一色一眼。

「為什麼她也在？」

「嗯──我個人覺得那好像是我該說的話耶……」

一色面帶笑容如此回答。三浦一邊不太高興地玩著自己的頭髮，一邊瞪回去。

嗯……氣氛有些詭異……我才剛這麼想，察覺到這點的由比濱立刻出面圓場。

「呃……妳覺得人太多不好開口嗎？」

「我沒這個意思，只不過……」

話雖如此，三浦的態度依然冷淡。看這個樣子，她不會輕易說出自己的來意。

「不然我叫一色回去吧。」

「咦？為什麼啊！」

不為什麼，妳又不是社員……一副理所當然地待在這裡才奇怪吧？

海老名輕輕拍了拍三浦的肩膀，幫忙化解僵局。

「沒關係啦，優美子。這個要看妳怎麼說。別說得太明白就沒問題了，對吧？」

「確實……總是有些事情比較難以啟齒……即便妳們有所保留，我也無妨。」

雪之下看過來，彷彿在確認我的意見。我也點頭表示同意：

「總之就先聽聽看吧。如果不懂的話，之後私底下問清楚就行了。」

「嗯，對呀……而且，伊呂波的意見說不定也能派上用場嘛。」

一色見自己被當成局外人，不開心地鼓起臉頰，經過由比濱的勸說，才不甘不願地點頭。她的反應讓由比濱露出鬆了口氣的笑容。總覺得兩方都在看人臉色，心裡有些過意不去。

「那麼，可以讓我們聽聽妳的問題了嗎？」

雪之下重新問道。

三浦盯著一色看了一會，接著別開視線，像是在找分岔般地撥弄頭髮，並且開口：

「……怎麼說呢，我想自己做一次巧克力看看。那個……因為明年，大家都在準備考試……這是最後的機會……」

三浦的聲音充滿羞怯之情，臉頰逐漸染上緋紅，聲音也越來越小。

但我在她的反應中，看到些許的寂寥感。當然，這也可能只是我自己的想像。明年的這個時候，我們已不需要再到學校上課。

情人節正好處於考季之中，要是運氣不好，甚至可能跟私立大學的考試日期撞個正著。

因此，今年是我們高中生活中，最後一個實質上的情人節。在未來的人生裡，情人節這個日子恐怕會變成完全不同的意義。

比如說，當我們成為大學生或社會人士時，對於情人節應該會懷有不一樣的感覺，畢竟長大成人後，總不可能還為了能否得到巧克力而喜憂不定吧。如同小時候的我們，總認為下雪是一件新奇有趣的事，看到氣象預報出現降雪圖示便興奮不已，然而到了現在這個年紀，下雪只會讓人覺得不想上學、冷得要命，還會把衣服弄溼，浮現的盡是些麻煩的印象。

「……所以我在想，是不是該試一次看看……」

三浦像是要掩飾羞紅的臉頰，用手指纏繞著自己的頭髮。隨髮絲輕輕散開而吐露的話語中，有著些許我也能認同的部分。

就某種意義而言，這肯定是人生中最後一次的情人節。

但能完全理解這種想法的人似乎不多。一色還只是一年級生，所以對此沒什麼實感的樣子，半張著嘴彷彿在說「是這樣嗎？」雪之下則用手抵住下巴，陷入沉思。

由比濱則是鼓起臉頰，瞇起雙眼，用質疑的眼神盯著三浦。

「……優美子，妳不是說手工巧克力感覺很沉重嗎？」

「這……這個嘛……」

三浦頓時語塞，只能偷偷別開視線。但由比濱的雙眼也緊緊跟著，不讓她逃走，海老名趕緊出面安撫不滿的由比濱。

「別這麼說嘛。我覺得手工巧克力很不錯啊。」

「咦？姬菜也要做嗎？」

由比濱訝異地眨眨眼睛，看向海老名。

「嗯。不過我只是陪優美子一起做，這樣我也能順便學些東西。」

「總覺得有些意外……」

「會嗎？妳想想看，只要學會這種技能，要在COMIKE之類的場合送禮，不就變得很方便了嗎？」

我默默聽著她們兩人對話，突然在其中發現不對勁的地方。

「哦……」

送禮啊，送禮是吧……哦？我覺得有些奇怪，轉頭看向海老名，而海老名也轉頭看向我。

隔著鏡片看過來的視線像是在問「有什麼問題嗎？」我輕輕搖頭表示沒有。

若送的是朋友或熟人以外的對象，通常會避開親手做的東西。海老名不可能不知道這件事。

即便如此，她依然想知道人情巧克力的做法，不就表示她有了或多或少在意的對象嗎？

……太好了，戶部，你距離成功又更近一步了。雖然我不確定海老名想送巧克力的人是不是戶部，搞不好她連戶部是誰都不知道。話說，戶部到底誰啊？

想到這裡，我看著海老名的視線多了一絲暖意。這時，海老名的眉毛跳了一下，接著發出「腐腐腐」的詭異笑聲，鏡片也閃過不祥的光芒。

「手工巧克力真的很棒喔！比企鵝同學乾脆也送個友巧給隼人同學吧！」

「不，我才不幹……」

唉……海老名果然就是海老名……就各種意義上來說。那種文化到底是怎麼回事？友巧又是什麼？小丸子的爺爺嗎？

「再說，那傢伙不是不收巧克力？」

「都是男的就沒問題啦！」

前提就有問題了吧？

繼續跟海老名耗下去也沒有意義……平時負責拉韁繩的三浦依舊一臉煩惱地玩著頭髮……

我決定無視滿嘴友巧基巧個沒完的海老名。接著輪到旁邊的一色交抱雙臂，發出苦惱的聲音。

「就是說啊。既然對方已經表明不收，這件事恐怕沒那麼簡單。」

嗯——不，這不是重點，重點在於我和葉山都是男生……慢著，反過來想想，因為收到男生送的巧克力不會引起紛爭，所以那傢伙搞不好會滿臉高興地收下……？怎麼回事，總覺得劇情已經無可避免地歪向其他路線！但那條路線我個人給零分喔！

「到底該怎麼辦才好呢……」

「唉……就是說啊……」

一色和三浦不約而同發出嘆息，下一秒，兩人又同時抬頭看向彼此。總覺得她們交錯的視線好像爆出火花……

好討厭呀……超可怕的說……

×　×　×

我在一樓福利社前的自動販賣機，買了一罐MAX咖啡。

拿出咖啡重新起身後，我重重嘆了口氣。

一色和三浦的無聲戰鬥沒有停歇，讓身為男生的我自覺沒有容身之處，甚至懷疑美國都市傳說中的瘦形魔（註7）其實就是我。

我上完廁所，順便繞去自動販賣機買M罐，打算在回社辦前讓疲累的身軀恢復活力。我一邊慢慢喝著，一邊走上樓梯，回到社辦門口時發現一個鬼鬼祟祟的傢伙。

註7 Slender man。據說出沒在樹林裡的這種怪物異常消瘦，而沒有容身之處的原文為「肩身が狭い」，字面上的意思是「肩膀很窄」。

每當那傢伙坐立不安地四處張望時，黑中帶青的馬尾便會一二跳跳跳三四跳跳跳前後跳跳跳還有左邊右邊跳跳跳。

「……喂，妳在幹麼？」

因為對方形跡太過可疑，我忍不住上前搭話。她一聽到後面傳來聲音，那束馬尾又立刻跳了好幾下，最後才畏畏縮縮地把臉轉向我。

那充滿戒心的模樣，如同在山裡偶然遇到的山貓，讓我有股想要說「來來來」拿M罐餵她的衝動。不過隨便餵食野生動物好像不是正確的行為。

再說，餵食之前應該先替她取個名字才對吧！我想想……對了，就叫她川什麼的吧。喂，川什麼的——我在心中這麼叫喚，開口詢問對方來意：

「有事嗎？」

被我這麼一問，川什麼的放心般地鬆了口氣，然後向我招手，示意我跟她去社辦再過去一點的走廊角落。啊，我想起來了，她叫做川崎沙希。我認識這個人。

川崎偷偷看向社辦，開口問道：

「可……可以打擾一下嗎？」

「進去再說吧。這裡很冷。」

依我看，她肯定有事要拜託侍奉社幫忙。既然如此何不早點進去開著暖氣的社辦？但川崎思考一下後，慌張地揮了揮手：

「咦……不，這裡就行了！在這裡說就行了！那個……我只是有點事想問雪之下……」

那妳直接去問她啊……

「雪之下就在裡面。快點進去就對了。這裡很冷，妳會感冒的。」

也許是哪間辦公室為了通風而打開窗戶，特別大樓的走廊一片冷颼颼。從腳底竄上身體的冷空氣自不待提，每當寒風吹起便微微震動的窗戶聲響，甚至讓人連耳朵裡面都感到寒意。

「沒關係……我不怕冷……」

川崎把臉別向一旁。問題在於，妳不怕我怕啊……要是我在這個時期感冒又傳染給小町可就糟了，而且也不容易康復。

說到千葉人治療感冒的方法，不外乎先到成田家吃一碗撒滿大蒜和香料的超油拉麵，然後喝罐暖呼呼的ＭＡＸ咖啡上床睡覺。只要這麼做，隔天保證上醫院報到。所以預防感冒的最好方法還是乖乖當個家裡蹲。我的看法啦。

更何況，川崎家同樣有一位考生。要是川崎的弟弟——大志被傳染感冒，之後再間接傳染給小町，那我就不得不讓自己的雙手染上鮮血和罪惡……

「動作快。」

因為對大志這隻試圖接近小町的害蟲敵意作祟，我的聲音開始顯得不耐，措詞也轉趨強硬。川崎似乎有些畏懼，低下頭說：

「既……既然你都這麼說了……」

她能明白我的苦衷就好。小町身邊有感冒風險的人，能減少一個是一個。

「很好，萬一妳感冒我就頭痛了。」

我打開社辦的門，催促川崎進去。但不知為何，川崎一臉茫然地望著我。

「……嗯。」

川崎用從恐怖外表難以想像的無力聲音回答後，輕手輕腳地走進社辦。雖然這個人乍看之下像不良少女，其實是個老實的好女孩。我在心裡這麼想著，跟在她的身後進入室內。

「你回來啦……咦，沙希？」

由比濱轉過身來，隨即露出不可思議的表情，上半身連同脖子一起歪向一邊。

「啊……嗯……」

川崎不太自在地回答，室內所有人的目光立刻集中在她身上。

雪之下露出訝異眼神，一色有些畏懼地縮起身體。不不不，雖然這位川什麼的看起來可怕，但其實是個可怕不起來的人喔？

另一方面，海老名則是露出燦爛笑容，用開朗的聲音向她打招呼：

「啊，是沙沙耶。哈囉哈囉～～」

「別叫我沙沙！」

川崎粗暴地回嘴道。由比濱一邊請她坐下，一邊向她搭話試圖安撫。

「沙希會來這裡還真難得……這好像是第一次呢。」

由比濱直接用名字稱呼川崎，看來她們在畢業旅行後變得要好了。沒想到還有人記得這位永遠沒辦法讓人好好記住全名的川什麼沙希，我不禁感動起來，眼角泛著些許淚光。最近哭點好像比較低，每週日看到光之美少女在絕境中挺身奮戰的身影，就會忍不住落下男兒淚＝在下我本人。

嗯，女孩子們好好相處的光景實在太美好了。美不勝收啊。

在我冰冷的身軀因為美好的光景而逐漸回暖同時，雪之下遞出裝著茶的紙杯，問道：

「所以，請問妳來這裡有什麼事？」

「啊，謝謝……該怎麼說呢……」

川崎張著嘴巴，遲遲沒能說出來意。這麼一想，她剛才好像說過有事找雪之下對吧？正當川崎為了不知從何說起而煩惱時，一旁傳來指頭不斷敲著桌子的聲音。

轉頭一看，三浦正露出不高興的表情。也許是因為不滿她的態度，川崎用冰冷的視線看向三浦，對方也不甘示弱地瞪了回去。

「喂，我的事情還沒說完耶。」

「啊？我看妳只是來喝茶的吧。」

我要撤回前言。川崎果然很可怕……

三浦和川崎互不相讓，用凶狠的眼神瞪向彼此。唉，妳們兩個還是一樣水火不容啊……看著兩人互瞪的一色，整個人都僵住不敢動了。

到頭來，還是海老名出面打破僵局。

「好啦好啦，優美子。沙沙也有事情要找人商量吧？如果不嫌棄的話，可以跟我說喔～～」

「雖然實際幫忙解決的人是我們……」

「總之，先說來聽聽吧。」

海老名對雪之下的低聲抱怨充耳不聞，逕自催促川崎。川崎偷偷看向我、由比濱和雪之下，輕輕發出嘆息，接著才開口說出來意：

「那個……是關於巧克力的事……」

此話一出，三浦立刻嗤笑出聲。

「什麼？妳也要送人巧克力嗎？笑死人了。」

「啊？」

「怎樣？」

兩人再次互瞪。

「……什麼叫『妳也』？別隨便把人當成同類好嗎？我對妳關心的那種小事不感興趣。」

「啥？」

「怎樣？」

……別這樣！大家好好相處啦！

看著三浦和川崎爭吵的情景，雪之下嘆了口氣頻頻搖頭，一副「妳們兩個啊……」的表情。呃，別忘了妳自己的個性也好不到哪去喔……不過以前那張隨便開口都能摧枯拉朽的超級毒舌，最近的確收斂不少。

看著三浦和川崎互相瞪視、一步都不肯退讓的模樣，一色悄聲說道：

「學長認識的怎麼都是怪人……」

「啥？」

「啊？」

一色被兩人狠狠一瞪，迅速躲到我身後。所以不是叫妳別這樣以身犯險了嗎……那種行為跟好傻好天真的小貓貓沒什麼兩樣……再說，連我也有點怕那兩個女人耶！

總之還是趕緊結束這個話題吧。只有這樣才能讓我早點解脫。

「然後呢？巧克力怎麼了？」

「我妹妹在幼稚園聽了情人節的事，說想做做看巧克力……有沒有什麼小孩子也會做的巧克力？」

「小孩子也會做的巧克力啊……」

雪之下複誦川崎所說的話後，點了點頭。海老名則是疑惑地問：

「可是沙沙，妳不是很擅長家事嗎？」

沒錯，我記得川崎的父母都很忙，家裡弟妹又多，所以經常幫忙家裡的大小事。我還見過她手提插著長蔥的購物袋，一副賢妻良母模樣。照這樣看來，她應該也很擅長下廚才對。我把視線移過去，只見川崎一臉尷尬地別過頭。

「那個……我做的有點俗氣，小孩子應該不會喜歡……」

「可以順便請教一下川崎同學的拿手料理嗎？」

被雪之下這麼一問，川崎沉默了半晌，才支支吾吾地小聲回答：

「……球……」

球……砂糖球？那種的小孩子應該都會喜歡吧。我小時候也常和小町搶蛋糕上的砂糖聖誕老人……但我們很快便發現那玩意兒根本不怎麼好吃，所以後來都變成由老爸解決。

但川崎要說的似乎不是砂糖球。眾人的視線集中在她身上，等她繼續把話說完。在無聲的壓力下，川崎不好意思地低下頭，用更小的聲音低喃：

「燉……燉芋球……」

……真的好俗。

遠遠超乎想像的俗氣程度，讓社辦在一瞬間鴉雀無聲。由於大家的反應實在太明顯，川崎不禁眼眶泛淚。她好像真的很難為情。

由比濱率先察覺，猛然抬起頭，擠出開朗的聲音為川崎打氣：

「很棒啊！像我就完全不會做料理，所以真的覺得妳很厲害！對吧，小雪乃？」

雪之下也一本正經地不斷點頭。

「是啊。燉芋球和貓打滾聽起來有點像（註8），感覺滿可愛的。」

「圓場的方式不太對吧！」

由比濱露出錯愕的表情。對呀對呀就是說嘛，根本越幫越忙。

貓打滾到底是什麼鬼啊……只要用手把正在睡覺的貓翻來翻去，貓就會用超級不情願的表情看過來而那一瞬間超級可愛所以我多少能體會那種心情，但如果是長毛貓就會跟拖把一樣全身沾滿灰塵這點必須特別注意才行喔！

算了，貓的事不重要。現在是在談川崎的事。多虧雪之下詭異的圓場方式，川崎顯得更難為情，像是剛被收養的小貓一樣抖個不停。真是抱歉，那個人沒什麼安慰別人的天分……

雖然不是要出面代打，但我也清清喉嚨說道：

「不過這樣也不錯啦，至少妳還會下廚。」

「嗯……說得也是。雖然的確有些俗氣……」

一色不太有自信地跟在我後面開口，話中並沒有任何一絲輕蔑或嘲諷。

「嗯，不錯啊，很有沙沙的感覺！」

海老名也豎起拇指，露出她的招牌微笑。

也許是因為被稱讚反而覺得不自在，川崎的身體開始扭捏，但很快又停住不動。我順著她的視線看過去，原來是因為三浦。川崎似乎在擔心，剛才和自己吵個

註8　燉芋球原文為「里芋の煮ころがし」，貓打滾則為「ねっころがし」。

沒完的三浦會說出什麼難聽的話。

但三浦默默凝視著川崎後，很快就一臉不感興趣地別過頭去，然後像是自言自語般小聲地說：

「原來妳會下廚啊。」

「咦……？嗯，算是會吧……」

「是喔……」

雖然她看起來正忙著撥弄頭髮，聲音中仍洩漏些許敬意。不難理解，畢竟三浦看起來不像會下廚的人……對住在三浦心中的少女而言，那或許是一項讓人憧憬的技能吧。

「既然川崎同學有烹飪技術，那我們只需提供品項上的建議，就沒問題了吧。」

一直在沉思的雪之下用手托住下巴，歸納出這個結論。

「我也要！我也想知道！小孩子會做的巧克力我一定也會做！」

由比濱迅速舉起手，雪之下卻一臉悲傷地垂下視線。

「……這可難說。」

「小雪乃太誠實了啦！」

「不，她沒有直接說不可能，已經算是相當嘴下留情了。」

「我到底有多笨手笨腳啊！」

這傢伙真沒自覺……以由比濱的情況來說，真正的問題不在選擇品項或料理過程，而是喜歡畫蛇添足。我記得她以前和雪之下一起做餅乾時，最後好像姑且弄出了還算能吃的東西。不過，雪之下的教法也不算完全沒問題就是了……

「喂，你們該不會把我的事情忘了吧？」

「對呀。也讓我們湊一腳嘛！」

三浦和海老名大概是聽膩了川崎的煩惱，噘起嘴表示抗議。一色也稍微舉起手：

「啊，那我也想參考一下。」

看到這個情況，雪之下輕輕嘆了口氣。

「我是無所謂……」

她這麼說道，同時瞥過來一眼，徵求我的看法。

「……幫她們出點主意應該沒差吧？反正讓她們自己動手做就行了。」

「也對……我知道了。我會稍微整理一下資料，能給我點時間嗎……」

雪之下依序看向三浦、海老名和川崎，三人都點頭同意。

× × ×

三浦等人離開後不久。社辦終於恢復平靜，雪之下輕輕嘆了口氣。

「總覺得今天有點累……」

我們也喝著重泡的紅茶歇息。今天難得一口氣來了三個客人——不，加上一色便是四個，這搞不好已經破紀錄了。

想起以前門可羅雀的狀況，今天可以說是生意興隆。

這間要什麼沒什麼、和倉庫沒兩樣的空曠社辦，如今也變得充滿生氣。過去隨意放置、方向各不相同的椅子，在不知不覺間以擺著茶具的長桌為中心，圍成一個有些扭曲的圓圈。

社辦中的光景比起當時改變了許多。

不是很熱的暖氣、茶具、毛毯和堆積如山的文庫本，椅子的數量與東西的擺設，射進屋內的陽光強弱和掛在牆壁上的大衣。

這個房間在春季結束時，曾經染上冰冷的色調；如今，它早已充滿溫暖的色彩。

我不太清楚這是季節變換帶來的結果，還是其他因素造成的影響。讓人昏昏欲睡的氛圍使我心癢難耐，忍不住將視線移向窗外。

根據天氣預報，再過幾天會有強烈寒流來襲，所以今天的風勢也相當強勁。

夾雜在女生交談中的玻璃震動聲，我依然聽得一清二楚。這時，猛然開門的巨大聲響突然插入其中，怒吼聲也緊接著響起。

「一色！」

「呀啊！」

一色的肩膀大大地震了一下。她畏畏縮縮地看向大門，原來是皺起眉頭、滿臉怒火的平塚老師。

「老師，麻煩敲門……」

「啊，抱歉，因為我有點急……一色。」

雪之下按著太陽穴嘆息，如此抗議。平塚老師輕輕微笑向她道歉，然後大步走進社辦。

老師在一色身旁停下腳步，交抱雙臂俯視她。

「妳的工作呢？」

「這個嘛……」

一色閉口不語，眼神游移不定，我則正好和那雙驚慌失措的眼睛對上。

「妳不是說妳很閒嗎？」

「……我很閒啊。」

被我這麼一問，一色不悅地別過頭，使性子似的回答。平塚老師聽到這句話，重重嘆了口氣：

「雖然學生會確實是順利運作，但妳還有其他工作。我不是叫妳擬一下畢業典禮的歡送詞，拿來給我看嗎？」

畢業典禮……已經到這個時期了？沒記錯的話，畢業典禮通常在三月第二週的頭幾天，應該還有不少時間……一色似乎抱持跟我一樣的想法，露出裝可愛的笑容想要蒙混過關。

「可是，不是還有一個月……」

「太天真了！那種天真的想法最要不得！」

被平塚老師用嚴厲的語氣喝斥，一色立刻縮起身體。

說得好。一個月……別以為妳還有一個月。

不管是工作還是放暑假，當妳覺得還有時間的那一瞬間，妳就已經快沒時間了。常言道：「光陰似箭，歲月如梭」，當我們想著「還有救，還有救，塔斯馬尼亞惡魔（註9）還有救」時，其實一切早已無可挽回的情況並不少見。

截稿日……為何你總是來得這麼快？

「再說，二月可算不上是一個月。不單因為天數原本就比較少，還有入學考試的事情要忙，我們也抽不出太多時間可用。二月就是個忙不過來的月份。」

平塚老師如此斷言。

「遵命！我會乖乖工作！努力工作！做好做滿！所以我才會來這邊找人商量！我是來打聽去年情況的！」

一色的回答充滿活力，值得讚許。不過，我沒記錯的話，妳好像是來商量人情巧克力的事吧……

雖然不是很重要，但沒有什麼話比「做好做滿」更不值得相信。

絕對不能相信社畜口中的做好做滿……這是我從我家老爸那學來的道理。每當

註9 袋獾的別名，現已瀕臨絕種。

他在家裡接到工作上的電話時，總是向對方保證「做好做滿」，但一掛上電話馬上就回嗆「誰鳥你啊白痴！」那個人實在是……

當然，平塚老師好像也看穿一色膚淺的回答，一臉苦惱地撩起長髮，露出頭痛表情。

「我說……妳這樣可不行喔。妳明年就必須學會獨立自主了，總不能老是靠學長姐們幫忙吧？」

雪之下握著茶杯，對平塚老師的話不斷點頭。

「所言極是。」

「嗯……雖然會很辛苦……但伊呂波畢竟是會長……」

由比濱也對一色露出有些無奈的微笑。

最後，一色緩緩移動椅子，用淚汪汪的大眼睛看過來，還拉了拉我的袖子，尋求我的援助。

我就是不擅長應付這種淚水攻勢。

小町遇到困難時，也經常像這樣哭著求我幫忙。而像我這種哥哥中的哥哥，幾乎都會無條件站在妹妹那邊。如果是為了妹妹，就算必須毀滅一兩個世界，我這個做哥哥的也不會有一絲猶豫。

沒辦法。我就幫忙說點好話，助她度過這個難關吧……我正準備開口時，雪之下先一步打斷：

「比企谷同學，不能太寵她喔。」

「但，她好歹也說過了是來找我們商量的……」

我才這麼說完，一色立刻探出身體。

「就是說啊，你們不也接受了其他人的委託嗎？」

「可是妳的情況，跟優美子和沙希不太一樣……」

由比濱陷入長考。平塚老師聞言，眨了眨眼睛。

「怎麼？還有其他人來找你們諮詢？」

「嗯！有喔！而且來了超級多！所以我也幫忙——」

「那可不是妳的工作。」

被平塚老師二話不說否定後，一色心有不甘地低聲沉吟。

妳太天真了，一色。就算說得好像自己很有理，也沒辦法逃過平塚老師的追究，因為不管怎麼想，道理都站在平塚老師那方。一色的辯駁幾乎沒有正當性可言，只能說她貧嘴，或貧乳……並沒有平坦到那種程度，還算有點料就是了，嗯。畢竟真正平坦的是另一位雪什麼的小姐才對！

更何況，道理是拿來攻擊人，而不是用來傾聽的，所以左耳進右耳出才是正確的應對方式。

我就示範一次給妳看吧……

「那個……這次的諮詢內容都是女生的煩惱，多一點女生應該也會比較好處理……雖然我也不是很確定啦。老師想想，情人節不是快到了嗎？」

情人節──我一說出如同咒語般的字眼，平塚老師立刻停下動作。接著，她用縹緲的目光，幽幽地望向窗外。

「對喔，情人節要到了……真是懷念啊……」

平塚老師自嘲般地輕輕嘆了口氣，才終於把視線移回我們身上。她默默盯著我們，又低喃一次「情人節啊……」她的眼神中沒有剛才那種半開玩笑似的感覺，甚至讓人感受到一股淡淡的哀傷。

平塚老師清了清喉嚨，拉回原本的話題：

「既然有這麼多件諮詢要處理，歡送詞我就再等等吧。偶爾讓一色幫幫你們的忙也不錯。」

「啊，其實我們不太需要她……」

「學長你很過分喔！」

一色猛然回頭，露出憤慨的表情向我抗議。別怪我，誰教妳只會增加別人的工作……我用冰冷的視線回敬她，由比濱趕緊出面圓場。

「別……別這麼說嘛……這樣不是很好嗎？如果伊呂波肯幫忙，我們也會比較輕鬆……」

「會嗎？」

「學長，你到底把我想成什麼樣的人了……」

一色不滿地發著牢騷。我不予理會，轉頭看向雪之下。

「既然由比濱同學都這麼說了，我沒有意見……」

於是，平塚老師敲一下手，宣布：

「那就這麼決定了。至於歡送詞交給一色自行負責。說起來，大家開始主動向你們求助，我認為正是對你們至今所做一切的正面評價。」

「不就只是單純被當成工具人而已嗎……」

來這裡商量事情的人確實比以前更多了，拜此所賜，我們的工作量也跟著暴增。更重要的在於——我們完全沒有得到回報。想想這比無償加班還嚴重耶？現在是怎樣，把責任制當成員工固定超時工作的藉口？我根本已經變成足以在黑心企業上班的形狀了嘛！

我露出充滿怨恨的眼神說道，平塚老師立刻眨了一下眼睛：

「儘管如此，你們終究幫助了別人。有個在背後推自己一把的人，是非常重要的事。讓一色繼承你們所扮演的這種角色，並不是件壞事。」

「遵命，我會努力向學長學姐看齊！」

雖然一色的回答充滿活力，但那很明顯是「萬歲！截稿日延後了」的笑容。

「……只不過，你們不好的地方也慢慢被她學走，這樣並非好事就是了。總之，好好幹吧。」

平塚老師說完，露出苦笑輕拍一色的頭，然後輕輕舉起那隻手揮了兩下，瀟灑地離開社辦。

我們目送完她離去的背影後，不禁鬆了口氣。

「這下傷腦筋了呢……」

交抱雙臂的雪之下喃喃自語，同樣交抱雙臂的一色也愁容滿面地嘆了口氣：

「是啊，三浦學姐漸漸認真起來了，讓我有些傷腦筋。」

「我說的是委託數量的問題……」

聽著兩人牛頭不對馬嘴的對話，由比濱面帶苦笑地小聲低語：

「不過，總覺得能理解隼人同學的心情呢……」

葉山的心情啊……不，我可沒辦法理解。我用眼神詢問由比濱那句話的含意，她一邊思考，一邊慢慢說道：

「你想想嘛……該怎麼說呢……就算要光明正大地送巧克力也很難，還得顧及到很多事情，不是嗎？」

這種顧慮太多的想法實在很像她。一色也點頭，抱持相同的意見：

「啊……總覺得很有結衣學姐的風格呢，那種為別人著想的特質。」

「是這樣嗎……啊哈哈……有我的風格啊……」

一色的話讓由比濱困擾地笑了笑，露出有些失落的表情。

那應該不是因為被稱讚而感到害臊的反應。或許，正是因為她和葉山隼人一樣，總對別人溫柔體貼到讓自己喘不過氣，才會出現這樣的表情。仔細想想，由比濱跟葉山、三浦和一色的交情都很好，之前去得士尼樂園時，便曾嘗過當夾心餅的滋味，而她這次又要遇到同樣的問題。

真是辛苦……若能事不關己地這麼說固然很輕鬆，但我可沒辦法這麼做。

我無法理解這種一直遷就於周圍人際關係的想法。但對於他們想要做出那種結論的心情，我能夠體會。

雪之下八成也是一樣。從她一臉擔心地看著憂愁的由比濱，便能得知這點。

如果得到跟葉山一樣的結論，說不定就能看開這一切。

他以自己的意志，選擇成為眾人心中期望的葉山隼人，並且努力達到盡善盡美，毫無妥協地做出最大的妥協，用盡一切力量施行延命措施。

這個世界上，再也沒有比他更真摯的不誠實。

對於那些「溫柔」的人，不溫柔的人能為他們做的事情並不多，頂多只有自言自語般的碎念。

「……不過，只要有個藉口就行了吧？一個能讓葉山接受的藉口。」

「啊？」

一色像是在說「我完全聽不懂」，傾斜整個腦袋和上半身看著我。雖然這舉動很可愛，但妳的回答讓人很不爽喔，一色……

「如果能製造出讓他不得不收下巧克力──應該說讓他能自然而然收下的狀況，事情就另當別論了吧？」

我換個說法重新解釋，一色還是帶著似懂非懂的表情，嘴裡念念有詞。雪之下則是放下茶杯，用平靜的眼神看向我。

「換句話說，只要找個 excuse 就行了吧？在某種程度的 closed 環境中把巧克力交給他，葉山同學就不會惹上麻煩。」

「沒錯，就是 closed。」

其實不管是 crows 還是 worst 還是QP（註10）都無所謂，重點在於製造能讓葉山不需在意他人眼光，不會損害到他公眾形象的狀況。

話已經說得這麼白，一色和由比濱仍然聽得一頭霧水。由比濱甚至還喃喃念著「closet……」拜託，壁櫥環境是什麼鬼啊？哆啦A夢睡覺的地方嗎？

「比如說……不是做為情人節禮物，而是拜託試吃的話，葉山應該就會吃了吧？雖然我無法很肯定就是了。」

「……對喔，只要一起做就行了嘛……」

由比濱深深吐了口氣，自言自語道。我能隱約看出她放心下來的神情。嗯，順利解釋到讓她也能聽懂，真是太好了。

「總之，大概就是那樣。只要讓一色和三浦跟葉山一起做巧克力，再請他試吃，那傢伙也不好拒絕吧。」

不過我覺得在這種情況下，與其說是「請他吃巧克力」，不如說是「吃我的巧克

註10　三者皆為日本漫畫家高橋弘的作品。

力啦！」才對……好啦，我已經提出大方向，不曉得她們意下如何？我窺探其他人的反應，最不能掉以輕心的傢伙一臉佩服地說：

「原來如此……我大致明白了！只要把他拖去礙事的傢伙看不到的地方就行了對吧～」

「雖然是這樣沒錯，但請妳注意一下說法……」

我如此告誡一色後，雪之下輕輕一笑。

「不過，簡單來說就是那樣吧。在不引人矚目和設計卑鄙手段這兩方面，你簡直是天才。」

「嗯，但也請妳注意一下說法唷？」

看來鼓勵式教育法不見得永遠都是對的。當我想著這種無關緊要的事情時，由比濱拍了一下大腿，猛然起身。

「那麼，大家一起做吧！我們也參加如何？」

「……有道理。如果可以現場教學，就不需要個別提供她們品項的建議了。」

「啊，這個主意不錯耶！把來委託的人聚在一起舉辦活動，讓大家互相切磋。然後再由雪之下學姐負責教學就行了對吧？」

一色連人帶椅靠向雪之下身旁，握住陷入長考的雪之下的手，再把頭偏到一邊，抬起眼睛露出懇求的笑容。

「呃……嗯……這倒是無所謂……」

雪之下對肌膚之親和肢體碰觸毫無抵抗力，只要再示好撒嬌一下，就能立刻攻陷她的心防。

雖然跟由比濱的做法比較起來，存在著如同自然與養殖之間的差異，但兩者對於雪之下都效果奇佳。

雪之下稍微清清喉嚨，向我使了個眼神。

「我想，我們能以協助者的名義參加……你覺得呢？」

「不需要問我的意見吧……反正負責教的人是妳，只要妳覺得那樣比較輕鬆就行。」

何況由比濱一副躍躍欲試的樣子，就算我反對也沒什麼意義。

「是嗎？那麼，接下來便是想辦法推動計畫……」

雪之下用手抵住下巴開始思考，坐在旁邊的一色忽然拿出手機打起電話。

「喂，副會長嗎？我要你提出企劃書，主題是『料理教室！』之類的……啊？不，總之你只要幫我喬好場子，然後發篇公告就夠了啦。」

電話另一頭隱約傳來為難的聲音，一色咂一下舌，壓低音量開始下達指示。話說回來，居然說喬場子……這傢伙總有一天會吐出「是要多久？再繼續拖臺錢就不用錄囉——」之類的臺詞吧？

「小雪乃小雪乃，那我呢？」

由比濱也把椅子搬去雪之下身旁，用表情詢問「我該做什麼？」雪之下被這麼一問，暫時陷入沉思。

「由比濱同學……」

過了一會兒，她煞有介事地把雙手放上由比濱的肩膀，用哄小朋友般的溫柔語調開口：

「就跟我一起做巧克力吧。」

「完全不信任我嗎！嗚嗚……啊，那自閉男該做什麼？」

她猛然轉過頭來問我。但是在這次的委託中，並沒有什麼我能做的事。

「我可不會下廚喔。」

我如此回答後，雪之下笑了出來。

「沒關係。你只要幫忙試吃和發表意見即可。」

總覺得這句話相當耳熟，不過，音色和語氣都跟當時截然不同。坐在旁邊的由比濱也回想起往事，小聲竊笑。

「……交給我吧。這我最擅長了。」

我一邊回想自己當時的回答，一邊這麼說。彼此的視線自然而然地交會，然後三個人都忍不住笑了出來。

還在講電話的一色大概聽到了，瞥過來一眼，用視線詢問我們為何而笑。我只是搖搖頭，要她別放在心上。

這種感覺根本無從解釋。有些事情只有在經過些許時間，擁有一段相同的記憶，並且了解其中的重要性後才會明白。

一色對我的反應感到不解，這時，她和副會長的交談也差不多告一段落，準備結束對話。

「好好好——那就麻煩你囉～」

電話另一頭的副會長似乎還在抗議什麼，但一色根本不理他，逕自切斷通話。講完電話後，她作勢起身。

「事情就是這樣。活動細節會由我這邊搞定，料理教室就麻煩各位囉。」

一色小聲說了句「那我就不繼續打擾了」，匆匆起身，舉起手向我們敬完禮，便準備離開社辦。

她大概要開始處理料理教室的準備事宜了吧。

現在的她，完全沒有以前那副靠不住的感覺。

儘管一色的做法略顯強硬，但我覺得這也是她有所成長的證明——不，這跟所謂的「成長」還有一段差距，不過至少她的確變得比較會辦事。看看那個副會長，好像已經被她當成戶部在使喚了……

「那就麻煩妳了，一色同學。」

「嗯！我們一起加油吧！」

一色在門口鞠躬道別，雪之下瞇起眼睛，露出溫柔的微笑；由比濱開朗地舉起手，我也輕輕點頭，目送她離開。

看著靜靜關上社辦大門的一色，我突然想到——

……對喔，這次一色會負責把一切打點好，我根本沒有什麼事好做。總覺得不再需要照顧這個學妹，反倒有些寂寞呢。

3 意想不到，一色伊呂波不在所帶來的收穫

當別人告訴自己「什麼都不用做」時，反而會感到坐立難安。

在好幾組人馬接連上門的綜合諮詢大會，和一色提議舉辦活動後幾天，社辦內一直瀰漫著浮躁不安的氣氛。

放學後，我來到社辦看書，喝紅茶配點心，偶爾看向大門。這幾天下來，我一直過著這樣的生活，而今天也不例外。

這種坐立不安的心情，如同看著自己的孩子第一次出門跑腿。那些工作以往總是落在我的頭上，所以我很擔心一色一個人能不能勝任。

這就是所謂的父性吧。嗯，沒錯，一定是這樣。

若非如此，我會開始懷疑自己該不會是個工作狂，而陷入認同危機……

以往接到委託和諮詢後，我總是直接進入工作模式，然而，這次的情況不太一

樣。

如果要描述，就像是接下已經有明確期限、詳細內容卻不明不白的業務，讓人感覺煎熬難耐。

再加上提出委託的人，正是那位一色伊呂波，我為此感到更加不安。

我懷抱魔法少女動畫主角的心境，默默在心裡呼喊：「人家會變成什麼樣子呢？」深深嘆了口氣。同一時間，對面也傳來嘆氣聲。

我看過去，只見雪之下從文庫本中抬起頭，望向社辦大門。

看來她跟我抱持相同的擔心——不，還是說她其實暗戀著一色？伊呂波×雪乃，讚！

當我如此妄想時，由比濱輕笑出聲。

「你們怎麼一直在看門啦。」

她苦笑著說道。

「我覺得，應該不用這麼擔心伊呂波……」

「我才不是在擔心一色。」

「沒人在說一色同學的事吧。」

我和雪之下幾乎是同時回答。雪之下一說完，立刻把頭別開。

雖然我——雪之下八成也是——其實很在意一色的事，但被由比濱徹底看穿心事，總是很難為情，才會不知不覺嘴硬起來。

我打死也不願意承認，才鬧彆扭說出的難聽話瞞不過由比濱法眼，她露出惡作劇的微笑：

「真的是這樣嗎～」

「就是。」

在由比濱直視的眼神拷問下，雪之下整個身體轉向一旁。她的臉頰和從頭髮之間露出來的耳朵微微發紅，由比濱見到她的反應，滿臉幸福地舒了一口氣。

如果她這樣就滿足的話倒也罷了，但由比濱仍瞥我一眼，一臉煩惱地歪著頭：

「嗯……可是，自閉男對伊呂波那麼好……」

「是啊，寵過頭了。連我都覺得那樣不太妥當。」

雪之下聽到由比濱這麼說，立刻擺出嚴肅的表情瞪過來。等等，拜託不要那麼順勢地轉移焦點好嗎？

「我才沒有寵她吧……」

儘管我這麼回答，由比濱和雪之下也只是默默回以狐疑的視線。現在是怎樣，為什麼她們都不說話……

不對不對，真的沒有啦！雖然連我自己都不知道為什麼要找藉口，總之，我發出一串「鏗隆鏗隆匡啷」的咳嗽聲後開始解釋：

「以一色的情況來說，我只是擔心她不負責任，中途落跑罷了。要是她丟了個爛攤子過來，我反而會很頭痛。既然如此，不如從一開始就出手幫忙還比較有效率。」

縱使這是在情急之下脫口而出的話，連我都佩服起自己能點出問題核心——不，正因為是情急下的說詞，所以那肯定就是真實。

這是我的壞習慣。

沒辦法把事情託付給別人，等於沒辦法相信別人。

這種人不可能明白什麼是信賴，更不用提某種近似於信賴，但更加殘酷的事物。

真是的，居然說這種傢伙會擔心別人，愚蠢也該有個限度吧。

我想起某人在寒風陣陣的露天咖啡座對我說過的話。能回答那個問題的人，真的存在嗎？

想到這裡，我不禁閉上嘴巴沉默下來，但很快就意識到寂靜，趕緊試著說些什麼以填補這段空白。

「所以，與其說我在擔心一色，不如說我在擔心自己的將來。一想到有可能需要工作我就深感不安。」

「你的發言反倒讓我擔心起你的將來了……」

雪之下按著太陽穴，深深嘆了口氣。

「哈哈，這回答的確很有他的風格……」

由比濱也不知該做何反應，只能苦笑以對。

不過說真的，我和雪之下都不算是對一色好。

就能夠信賴對方這點來說，大概只有由比濱算得上是對一色好。她肯定一色的能力，不會瞎操心，也不隨便出手相助，在這一點上，她跟我和雪之下有著明顯的不同。

倒是雪之下，面對撒嬌和肌膚攻勢毫無抵抗力這點完全被一色看穿……不好好念她一下實在說不過去。我用責備的眼神瞅著雪之下……

「再說，要論寵她的話，妳也半斤八兩吧。」

「我？我覺得我對她應該算是嚴厲才對……」

雪之下一臉訝異地歪著頭，身為旁觀者的由比濱似乎明白我想說的話，交抱雙臂低聲沉吟。

「嗯……就是這種地方給人溫柔的感覺喔。因為小雪乃還挺喜歡照顧別人的。」

真不愧是比濱小姐。妳很懂嘛。

「就是說啊，畢竟妳也受了她不少照顧。」

「咦？沒……沒這回事好嗎！我才不需要小雪乃照顧……應該吧！就算有也不多！」

由比濱猛然起身，大聲抗議。但坐在旁邊的雪之下泛起微笑，打斷她的話……

「哎呀，難道妳沒有自覺嗎？」

「也、也不是沒有自覺啦……」

看到她的微笑，由比濱紅著臉閉上嘴巴，不情不願地重新坐回椅子。這一次她是真的有坐好、坐滿，兩隻手還乖乖地放在大腿上。

嗯，自覺果然很重要。

話雖如此，雪之下照顧由比濱和一色的方式，其實有著細微的差異。

她對由比濱已經算是完全放棄抵抗，也可以說寵到任憑她擺布；換成一色時，則是變成主動關照學妹的學姐，兩人之間還是有些距離感，她在說話時，也會注意自己身為學姐的立場。

如果把雪之下和由比濱的關係比喻成貓和狗，雪之下和一色便像是母貓和小貓——不，比起小貓，一色的本性比較像凶殘的白鼬。

……不過雪之下也受過不少照顧，所以算是彼此彼此才對。

哎呀～美少女們和睦相處實在是賞心悅目。嗯。倒不如說，美少女們勾心鬥角真的很可怕……像三浦和川崎吵架就超有魄力，害我不但嚇個半死還差點閃尿，我看我乾脆去當奇布爾星人（註11）算了。誰要啊。

總之，侍奉社和一色的關係還算良好。

當我想著這些無聊事時，由比濱自顧自地不斷點頭，像是想通了什麼似的。

「不過，伊呂波好像也挺喜歡讓人照顧。這種地方真的很可愛呢……」

她懶洋洋地趴到桌上，說話聲音越來越小。由比濱有時候意外可靠，我也沒見過她主動求助於人。雖然和一色給別人的第一印象相似，但她們其實有很多地方完

註11 特攝作品《超人七號》中登場的敵人。原文為「チブル星人」，與「閃尿（チビル）」音近。

全相反……

或許正是這個緣故，她才會感到羨慕。

可是，一色只要有一個就夠了。

要是真的存在兩個這樣的人，我們也會一個頭變成兩個大。況且，我不太想看到變得跟一色一樣的由比濱。她現在這個樣子就很好，不需要改變什麼，或者該說維持現在這個樣子反而比較好……呃……我覺得自己的胡言亂語好像停不下來，趕緊「咳哼咳哼可頌！」地乾咳幾聲，把話吞回肚子（椰香風味）。

這陣極其不自然的咳嗽聲，讓由比濱維持趴在桌上的姿勢，緩緩轉過頭來。從頭上的丸子垂下來的髮絲披在腦後，瀏海輕輕垂落，半掩著一雙水靈大眼。微微張開的小嘴吐出熱氣，豔麗的紅唇不斷顫動。

被她由下往上看過來的視線盯著，我實在說不出原本準備好的話語。

「那樣算不算可愛還有待商榷吧。再說，也不是只有一色那樣叫作可愛……」

我越說越覺得難為情，忍不住搔搔腦袋，把視線移向完全沒在讀的文庫本。到頭來，連我都不曉得自己究竟想表達什麼。既然這樣，還不如一開始就什麼都別說……

當我這麼想時，一聲輕笑傳了過來。抬頭一看，由比濱坐直身體，露出微笑。

「……嗯，說得也是。」

她的反應讓我莫名鬆了口氣。拜此所賜，我總算能正常說話了。

「何況這裡還有友善的大姐姐可以聊天，她應該是喜歡上這裡了吧。她最近有時甚至來得比我早啊。」

聽完我說的話，雪之下把手放在嘴邊，露出不悅的表情。

「雖然不曉得一色同學是不是喜歡上這裡……但要來的話，我希望她能事先通知一聲。最近紅茶消耗得比以前快，茶點也必須多準備一些。最重要的是，我能靜下心來讀書的時間減少了。」

我誇張地嘆了口氣。雪之下明明在抱怨，嘴角卻柔和地微微上揚，看起來似乎有些高興。

這就好比刀子嘴豆腐心的外婆，心裡還是對自己的孫女疼愛有加。如同「我特地買了張貓床，那個小傢伙卻不肯睡裡面，偏偏要睡在包裝用的紙箱上。真是的～」這種甜蜜的抱怨。我好像想像得到雪之下和一色兩人獨處時的光景。

儘管裝出對一色漠不關心的模樣，卻總是在意著她的存在，忍不住拿出茶點招待她，對她百般照顧，而一色也暗自為自己的勝利竊喜，並且一點一滴地打從心底接納雪之下……哇塞，我到底看了什麼啊？伊呂波×雪乃，讚！

雪之下嘆著氣，淘淘不絕地一色東、一色西。由比濱茫然望著她，喃喃低語：

「我要不要也早點來呢……」

她的話音明顯帶著羨慕之情。雪之下聽到這句話，責備般挑起柳眉：

「……這算是正當的社團活動，提早到是理所當然的。」

「啊……嗯，可是我常常不小心跟優美子她們聊太久，才會這麼晚到。」

由比濱嘿嘿嘿地傻笑，還搔搔自己的丸子頭，想藉此蒙混過關。但雪之下的臉上沒有笑意。

「……是嗎？」

簡短回答後，她靜靜地將視線移回手邊的書本。

看來她好像有些鬧彆扭。我想也是，畢竟由比濱那番話聽起來，像是她覺得三浦比較重要，才不小心打翻雪之下的醋罈子。社辦今天還是一樣和平啊。

不過，既然連我都能察覺，由比濱不可能還沒發現。只見她端正坐姿，稍微挪動椅子。

「可是，其實我也想早點過來。我還挺喜歡像這樣三人聚在一起的悠閒時光……不，應該說是超級喜歡。」

也許是因為距離比剛才更近，使得這句話更容易傳達給雪之下。雪之下輕輕吐了口氣後，斜眼偷瞄由比濱的表情。不過，這一眼並沒有什麼意義。

因為，兩人的表情差不了多少。

她們都有些難為情地垂下視線，臉頰微微泛紅。

「……我去重泡紅茶。」

「啊，真的嗎？那我也準備一些新的零食！」

由比濱說完，跟著開始翻找書包。

嗯……雖然那些零食幾乎都是妳在吃……大方承認吧，妳真正喜歡的其實是零食——我真的好想這樣大聲吐槽她。

最後，我當然沒說出口，只是夾雜微笑發出嘆息。

「比企谷同學？」

「嗯，麻煩妳了。」

被雪之下這麼一問，我也輕輕遞出茶杯。

溫暖的熱氣和紅茶的香氣，再加上餅乾的甘甜味道。

「來，給你。」

「喔，謝謝。」

裝在盤子上的零食被推到面前，我拿起一塊放進嘴裡，然後低呼著「好燙好燙」，慢慢啜飲紅茶，最後再長吁一口氣。

三人的吐氣聲重疊在一起，彼此自然而然地對上視線。

然而……

這種時候往往會有客人上門。

我沒料錯，門口響起輕輕的敲門聲。「請進」雪之下如此應聲，那位客人便緩緩開門。

「久等了！」

來到社辦的，是許久未見的一色伊呂波。

× × ×

在雪之下多泡一人份紅茶期間，一色拿給我們幾張計畫書。

「那麼……事情已經差不多定下來了，就由我來為各位說明吧。」

「嗯，麻煩妳了。」

雪之下回答，同時遞出裝著紅茶的紙杯，還附上兩包糖包。一色也一邊道謝，一邊若無其事地接過……雖然雪之下的用心程度令人佩服，但能把她調教成這樣的一色也很厲害。

「首先是活動日期和地點……」

我還沒從驚訝中回過神來，一色便已開始說明。聽到她的聲音，我才看向拿到的計畫書。

我的視線突然停留在活動日期上。

「不是在情人節當天嗎？」

因為上次討論的是如何把巧克力交給葉山隼人，我才一直認為料理教室會在情人節當天舉辦，但實際活動日期是定在情人節的前幾天。雪之下似乎也有想到這點，從計畫書移開視線，看向這裡。

「情人節當天是入學考試的日子，負責監督的老師應該不會點頭吧。」

「啊，對耶，而且那天學校也放假。」

由比濱恍然大悟地說，一色向她輕輕點頭。

「嗯，那也是原因之一。但我想有些學生當天可能有事，考慮過參加率之後，覺得提早舉辦對大家應該比較好。」

「原來如此……」

這考量確實有道理。

如果情人節是入學考試的日子，那我當天肯定也會為了祈求小町合格，而花上一整天作法祈禱。就算要我舉行太占和辻占儀式，甚至是盟神探湯，我也在所不辭——不，盟神探湯還是算了吧。（註12）

我滿腦子都是小町，活動的事已經變得無關緊要了。

既然入學考試跟情人節撞期，小町絕對不會準備巧克力吧……不，要是她在考試前還為我不眠不休地製作注入滿滿愛情的巧克力，就算是我也會發飆打她，然後將她輕擁入懷……

啊啊……小町巧克力——簡稱小巧——正在離我遠去……

在我痛苦呻吟的同時，一色也繼續一本正經地說明：

「雪之下學姐當天在下午五點左右到場行嗎？學長跟結衣學姐晚一點也沒關係。」

「我無所謂。」

註12　三者皆為日本自古流傳的儀式。盟神探湯乃一種神明審判法，實際做法是把人丟到滾燙的熱水中，若無罪則不會有事，有罪就會被燙傷。

「我們也要跟小雪乃一起去。對吧？」

由比濱的聲音從遠方傳來。

「啊啊……一切都無所謂了……」

既然沒辦法拿到小町給的巧克力，那其他事都不重要了……我的整顆心化為塵土，逐漸消逝，宛如核被破壞的ＡＲＭＳ（註13）。畢竟小町就是我的核，所以這也是沒辦法的事。

我整個人癱在椅子上，像是燃燒殆盡般化為一片雪白後，坐在斜對面的一色似乎投來冰冷的視線。

「學長怎麼好像自暴自棄了……」

聽到一色這麼說，由比濱輕笑兩聲，要她別在意。

「啊哈哈，自閉男每次變成這樣的原因都差不多，不用管他啦。」

「是啊，我也大概能猜到原因。放著不管也沒關係。」

「呃……這樣啊……」

雪之下的話中充滿無奈，一色用「確實是怎樣都無所謂沒錯啦」的語氣回答。

她繼續說明下去：

「材料和工具都由學生會負責準備，所以沒有問題。不過圍裙之類的，可能要自行攜帶就是了。」

註13　日本漫畫家皆川亮二的作品，亦譯作《神臂》。

用手扶著下巴，邊聽邊點頭的雪之下猛然抬起臉。

「保險起見，等一下方便讓我看看調理工具清單嗎？我想確認有沒有遺漏的東西。」

「收到！」

從一色的回答聽起來，我不太確定她究竟有沒有聽進去。她還在自己的計畫書上做筆記，又把筆當成魔杖轉個不停，然後看向由比濱。

「聯絡事項大概就是這樣。可以麻煩結衣學姐聯繫三浦學姐和海老名學姐嗎？因為我不太清楚她們的聯絡方式。」

「好喔～我瞭解了。」

由比濱若無其事地回答，但我卻在一瞬間整個人僵住不動。

喔……喔喔……拜託不要有意無意地顯露女生社會的黑暗面好嗎……明明不是沒見過面沒說過話，現在卻黃金切割，這樣好像有些恐怖啊……女生的恐怖之處，就在於她們說話時，你完全感覺不出她們的交情到底好不好……

……不對。一色跟三浦的交情看起來就不怎麼好，所以這樣好像還算正常。真不愧是三浦女王，最痛恨虛情假意了！

「還有……我還想麻煩你們聯絡那位川……川……川什麼的可怕學姐……」

「嗯，沙希也交給我聯絡吧。」

由比濱若無其事地回答，但我卻在一瞬間整個人僵住不動。

喔……喔喔……一色果然也記不住她的名字嗎……真不愧是川什麼的小姐。不過伊呂波啊，絕對不能在她本人面前那麼說喔！別打臉！嘗試切她中路！

一色再次低頭確認計畫書，查看有無遺漏事項，然後突然想起什麼補充道：

「對了，如果還有想邀請的人，就告訴我吧。我再調整人數。」

「啊，還可以叫其他人來嗎？」

「可以。戶部學長好像就打算不請自來。」

一色的語氣充滿不屑。對於一個是真的很煩沒錯的好人，這樣太殘忍了……可是我喜翻！

「啊……他應該是從優美子或隼人同學那邊聽說的……」

由比濱一臉困擾地苦笑。戶部也要參加嗎……也好，如果戶部能參加這個全是女生的活動，葉山應該就比較不會有壓力，可以放心參與。畢竟那傢伙意外地善解人意，可能是在某處聽說這件事，便決定參一腳了吧。戶部雖然很煩，但他真的是個好人……

當我想到這裡時，突然有幾個辭彙閃過腦海。

戶部、男生、女生、葉山……還可以叫其他人來？

我把目前為止出現的線索慎重地拼湊在一起，結果慢慢推導出一個答案。

這就表示——

也就是說——

……我也可以叫戶塚來嗎？

「好，聯絡工作就交給我吧！」

一得出這個答案，我下意識地叫了出來。一色被嚇得跳了一下，然後心魂未定地用「不要靠過來」的眼神看向我。

「學長怎麼突然有幹勁了……」

聽到一色這麼說，由比濱輕笑兩聲，要她別在意。

「啊哈哈，自閉男每次變成這樣的原因都差不多，不用管他啦。」

「是啊，我也大概能猜到原因。放著不管也沒關係。」

「呃……這樣啊……」

雪之下的話中充滿無奈，一色用「確實是怎樣都無所謂沒錯啦」的語氣回答。

哎呀，兩位這麼理解我真是太好了。不過，這應該也代表她們已經放棄治療了吧……

「雪之下學姐，我想商量一下料理品項的事。我覺得先決定幾個候補比較好，不然沒辦法下單採購。」

一色已經完全不打算理會我，逕自說明下去，並且從書包裡拿出一大堆甜點教學書。雪之下點頭表示同意後，便拿起其中一本翻閱。

「雖然種類很多，我也不知道選哪一種比較好……巧克力蛋糕、薩赫蛋糕、松露巧克力……或是保守一點，做巧克力餅乾也行。直接做巧克力果然是行不通的吧。

畢竟還有初學者在場，也得把難易度考慮進去……」

雪之下帶著傷腦筋的表情翻到下一頁。我想也是，即便都是用巧克力做的甜點，種類也是變化萬千。

這部分我不是很懂，所以還是不要隨便插嘴比較好。要說我有多不懂，大概就是會把薩赫蛋糕說成薩魯蛋糕的地步吧（註14）。

儘管如此，這個世界上依然有不怕死的傢伙，不管自己懂不懂便開口。由比濱正是這種人。

由比濱迅速舉起手，沒等別人叫她便探出身體搶著發言。

「選我選我！巧克力火鍋不錯！感覺像是在辦巧趴，好像會很好玩！」

「巧趴……那是什麼？」

雪之下似乎第一次聽到這個名詞，頭上冒出好幾個問號。按照前後文和過往經驗推測，所謂的巧趴應該是巧克力派對或巧克力火鍋派對的簡稱吧。看來比濱語檢定二級或ＹＵＥＩＣ測驗對現在的我來說，大概只是小菜一碟。

雪之下頭上的問號尚未消失，身旁的一色就發出「喔——」的聲音，輕輕點頭表示贊同。

「嗯，如果要大家一起同樂，這個主意確實可行。辦成這種活動也不錯。」

註14　出自《俺物語》之橋段。主角猛男在和凜子聊天時不懂裝懂，把「薩赫蛋糕（ザッハトルテ）」說成「薩魯蛋糕（ザッハルテルト）」。

她居然同意了……可是，該怎麼說呢，不管是章魚燒趴也好，火鍋趴也好，咖哩趴也好，妳們這些什麼派對都能開的傢伙，還真是一天到晚都在跑趴的派對狂耶……

「不過，這次活動的名義畢竟是料理教室……」

雖然有些難以啟齒，一色還是用手指比出小小的×。看到這個手勢，由比濱也失望地垂下頭。

在一旁看著的雪之下微微頷首。

「這麼看來，還是教最基本的巧克力比較好。外表美觀，做起來又簡單的巧克力……」

雪之下快速翻閱甜點教學書，下一秒，她忽然在某一頁停下視線。那一頁好像是廣告，新商品之類的宣傳詞躍入眼中。

「也有從材料到工具都準備好的ＤＩＹ組合包……連測量的步驟都省去，應該能夠輕易做出巧克力。」

「啊，這樣我好像也做得出來。」

由比濱說出這句話的瞬間，我不由得為之語塞。等等，妳剛才，說了，什麼……

「……」

「不要不講話啦！」

我的沉默瞬間被由比濱悲痛的叫聲吞噬。叫聲停歇後，雪之下輕撫由比濱的肩膀，用溫柔到不能再溫柔的聲音告訴她：

「由比濱同學，乾脆把心力集中在包裝上，不也是個不錯的方向嗎？」

「也不要安慰我！」

由比濱哇哇大哭。但她根本不懂，包裝超重要的好不好？只要拿條藍色繩子綁在胸前強調胸部，肯定會引發話題大紅大紫！（註15）

當我想著這種無聊事時，一色輕輕嘆了口氣。

「唉……用組合包做的話，味道大概不會差太多，而且乍看之下也看不出來……不過這次是要舉辦活動，最好還是別用組合包吧。」

「也對，畢竟組合包要價不菲。」

「對啊。雖然我打算依據實際支出收取參加費，花費當然還是越少越好。」

「……咦？要收參加費？」

我不小心把心中的想法完全表露在口氣和表情上。一色看到我的反應，發出難以置信的叫聲。

「學長你的表情看起來超不情願耶……好啦，大概幾百日圓吧……不過學長你們可以不用交錢。畢竟幾位是來幫忙的。」

「那就好……」

註15　此指《在地下城尋求邂逅是否搞錯了什麼》角色赫斯緹雅身上的裝飾。

「這樣啊。既然有收參加費，預算說不定比原本想的還要充裕……可以先告訴我金額嗎？我想以此為參考來選擇品項，估算需要的材料和費用。」

「好的，麻煩妳了。」

一色說完，從透明資料夾中拿出一份文件，上面是這次活動的財務規劃表。雪之下確認內容後，再次開始評估可行的品項。

然而，我們至今收到的委託全都附帶麻煩的條件，也難怪她找得不順利。

適合做為人情巧克力的巧克力；送給心儀對象也不會難為情的巧克力；學起來可以方便送禮的巧克力；就連小孩子也能樂在製作過程的巧克力——

至於最為麻煩的條件——則是雪之下從剛才開始，便一直像在夢囈般碎碎念個不停的東西。

「由比濱同學也能完成的巧克力……由比濱同學也能完成的巧克力……」

「小雪乃太過分了啦！」

由比濱大聲哭訴外加整個人抱到雪之下身上。雪之下顯得有點不耐煩，但還是繼續翻閱甜點教學書。

她似乎找到幾個可行的品項，把那幾樣所需要的材料和分量寫了下來。由比濱依然緊緊抱著她，從旁邊探頭看著筆記。

然後，由比濱突然露出開心的微笑。

也許是因為在意身旁的笑聲，雪之下用不太高興的眼神看向由比濱。

「……妳笑什麼？」

「啊……沒有啦！只是……覺得有點懷念。」

由比濱連忙揮手表示沒什麼。她輕輕放下手後，又用有些感傷的聲音回答。那雙看向雪之下的眼眸稍微瞇細了些。

她為何感到懷念？我知道這個問題的答案。而且，雪之下八成也知道。

「……是啊。」

雪之下僅簡短地回答。然而，即使在話音消散後的好一段時間，她仍然以筆直的視線回望由比濱。

最後，由比濱露出靦腆的笑容，把椅子挪到更靠近雪之下的地方，兩人並肩坐在我的正對面。

「……對吧？」

她歪起頭，隔著一段距離，用確認的語氣對我小聲問道。那孩子氣的舉動讓我忍不住笑了。

「嗯。」

我也簡短地回答，並別開視線。

距離那天明明還沒超過一年，我卻覺得如此懷念。一切都還沒開始的那個房間，確實是從那一瞬間開始運轉。

「伊呂波，謝謝妳。」

「咦？啊，嗯……不……不用客氣？」

對於突如其來的道謝，一色滿臉疑惑。由比濱似乎覺得她的反應很有趣，輕聲笑了出來。笑聲停下後，她滿足地嘆了口氣：

「今年快要結束了，真高興最後好像能有個快樂的結尾……」

「今年不是才剛開始？」

「正確來說，應該是這個學年吧？」

我和雪之下分別這麼吐槽後，由比濱不高興地稍微鼓起臉頰。

一色也受不了地幫腔：「天啊，你們未免太龜毛了吧……」這樣的閒聊也差不多該告個段落，一色望著我們，長嘆一口氣後站起來。

「謝謝你們的紅茶。到時就麻煩各位了。」

「啊，嗯。活動當天多指教囉！」

「改天見。我近日會把費用估算表交給妳。」

由比濱和雪之下這麼說後，一色低頭道謝，離開社辦。

只剩我們三人後，剛才湧現的懷念之情變得更加鮮明。

不過，我們之所以感到懷念，大概是因為許多人事物已不復當時，因為同一性已經於某個時間點消失，因為我們明白，自己再也無法得到同樣的東西。

所以，我們感到懷念。

如果一切確實開始運轉……那總有一天，肯定會停止、結束。

由比濱露出純真的微笑，和瞇起眼睛、看著那笑容的雪之下閒話家常。

這明明是再平凡不過的光景，我卻不可思議地感到難受。

× × ×

冬天洗澡時，總會不小心在浴室裡待太久。

也許是因為在漆黑又漫長的夜路上一路騎腳踏車，我自然而然地全身泡進浴缸，深深呼了口氣。

直到快要泡昏頭的前一刻，我才離開浴室。為了避免剛洗完澡受到風寒，我把腳伸進暖被桌，整個人往地板上一躺。

一直刻意不去想的事情，不經意地再次浮現眼前，使我產生一種不踏實的感覺。

我就這麼在地上翻來滾去，結果不小心踢到某種柔軟的毛球。

我家的愛貓——小雪，從暖被桌裡鑽出來，用不高興的眼神看向我，然後用舌頭理起毛來。

沒多久後，牠似乎聽到什麼聲音，豎起耳朵看向門口。幾乎在同一時間，大門開啟的聲音傳了過來。

看來是小町回到家了。一陣上樓的腳步聲後，客廳的門隨即開啟。

「我回來了——」

「喔，歡迎回來。」

小町放下書包準備脫掉大衣時，小雪到她腳邊不停磨蹭，希望主人給個抱抱。

「不行，制服會沾上毛啦。」

小町一個閃身避開，所以我只好代替她抱起小雪。乖乖乖，我會陪你玩的～不可以去打擾疲累的小町喔～

不知道小雪是不是察覺到我的意圖，開始在我懷裡死命掙扎。這隻貓真是不解風情……

再說小雪老大，我只不過是抱你一下，有必要厭惡成這樣嗎？不要一直用貓拳打我的臉好不好……

我一邊挨著貓拳，一邊看向小町。她正抬起一隻腳努力保持平衡，準備脫掉長筒襪。

雖然屋裡開著暖氣，但腳底還是會冷吧。女孩子可不能讓身體冷到喔？我用老媽子般的關愛眼神看著她，她也注意到我視線，一臉疑惑地輕輕歪頭。

「啊，小町去放熱水。」

「是喔。啊，我也剛好洗完澡，浴缸裡還有熱水。」

「嗯，所以小町去放熱水。」

「我不是說我剛好洗完澡，浴缸裡還有熱水嗎？」

「嗯，所以才要重放啊。」

小町一本正經地重複同樣的話。

……等等，這話是什麼意思？我拋出責難的眼神後，小町揮了揮手。

「拜託，小町不可能用哥哥泡過的水洗澡吧？都已經煮成哥哥高湯了。不行不行。」

「不要把別人說得跟豚骨一樣好嗎？」

不知道鰹小弟會不會也有被裙帶菜妹妹這麼嫌棄的一天……磯野家用過的洗澡水，應該滿好喝的（註16）。

仔細想想，難道這傢伙從以前到現在，每次接在我之後洗澡時都會重放熱水嗎？這樣會不會有點過分？換成我接在小町之後洗澡時，可是每次都有好好享受小町高湯的說……嗯，難怪她覺得噁心。

雖然我小時候都叫她聰明又可愛的小町町（註17），她現在也成為青春期的少女啦……

我忍不住為妹妹的成長輕彈幾滴男兒淚，小町的眼角也閃著些許淚光。天啊，想不到她跟我抱持相同的心情——我才剛這麼想，她立刻疲倦地說道：

「那小町去洗澡囉。」

註16 出自日本超長壽國民漫畫、動畫《海螺小姐》，磯野一家人名皆為海鮮。

註17 改自《LoveLive!》角色絢瀨繪里之暱稱「聰明又可愛的Elichika（賢い可愛いエリーチカ）」。

「嗯，妳慢用。別在浴室裡睡著啊。」

「知道──」

她回答時又打了一個哈欠，看起來真的相當疲倦。

也是啦，升學考試已經進入最後的倒數計時。

現在我能為她做的，只有這幾天不要比小町早洗澡，還有為她祈禱而已。除此之外，頂多再加上幫她暖好棉被和鞋子。哎喲不行啦，這樣人家又要被她討厭了啦！如果生在戰國時代，我肯定能出人頭地！（註18）

看來，她應該顧不得情人節了吧……

還是不要告訴小町料理教室的事比較好。都到了這個時期，再給她多添煩惱和懊悔不會有好處。小町光是應付考試，都已經快忙不過來了，等考試結束後，再好好慰勞她一下吧。

所以，我必須盡量不讓小町困擾操心和煩惱！

現在是她不靠別人，只能憑藉自身努力的階段。

靠自己的力量和意志付出努力，才是一個人成長的第一步。靠自己站起，踏出腳步，向前邁進，才能體會與人並肩同行的意義。

小町也漸漸地不再倚賴哥哥，長大成人了啊……一陣酸楚襲上心頭，昇華為曖昧不明的寂寞。

註18 指豐臣秀吉為織田信長暖鞋的故事。

我耐不住寂寞，一頭埋進小雪毛茸茸的小肚肚。

啊啊……我能收到小町巧克力的時日還有多長……？可以的話，我希望答案是一輩子。

友巧和基巧都不重要，我只想要小巧。

……給我小巧，好嗎？

4 於是，男生們的一喜一憂開始了（也有女生喔）

數件諮詢同時湧入後，過了好幾天。

在此期間，我們沒做什麼侍奉社該做的工作，只有給不時前來確認進度的一色一些建議。

至於一色本人，這次則很稱職地做好自己的工作。在校內見到她時，幾乎都在忙碌地東奔西跑。

順帶一提，副會長則常常抱著大量文件，露出一副垂頭喪氣的模樣，書記小妹則負責在旁邊鼓勵打氣。喂喂喂，你在開玩笑嗎？是男的就給我好好工作！基本上對男生可是一點都不會手軟＝在下我本人。

不管怎樣，就連到了活動當日，學生會成員個個還是忙得分身乏術。這幅景象與上次聖誕節活動時截然不同。

車站附近的公民會館裡響起年輕人吵鬧的聲音。現在還沒到之前說好的抵達時間，但今天本來就是打算來幫忙活動，所以沒差──我在說什麼傻話？要幫忙的人不是我，是雪之下才對。

總之，我們提前來到公民會館。聖誕節過後，我就不曾來過這裡，但是在這麼短的時間內，也不會有什麼改變。

我把腳踏車停在停車場後，三個人便像識途老馬似的，一起走進熟悉的公民會館。

以一色為首的學生會成員，正為了活動準備而忙得不可開交。

我們站在門口端詳了一會兒，一色才注意到這裡而快步走來。她的懷裡抱著一大疊紙。

「啊，學長。你來得真早。」

「是啊。」

我隨口回答代替問候，跟在我身後的雪之下和由比濱也探出頭來。

「午安，一色同學。」

「嗨囉！我們想說可能有幫得上忙的地方，就提早過來了。」

聽到由比濱的話，一色歪頭想了一下。

「這樣啊……啊，那麻煩貼一下這些海報。只要貼在入口就行了，具體貼法交給各位判斷。」

她一說完，便把趕工做出來的B2海報交給我們。這疊玩意兒美其名為海報，說穿了就是用五顏六色的極粗色筆寫上活動內容，再由哪個人畫些愛心、巧克力、表情符號等塗鴉的超大型手寫風文宣。

如此緊湊的時間內只能做出這種超陽春海報，完全沒什麼好苛責的。

但，問題在於海報上的宣傳標語。

『沒經驗也OK！條件不拘！給你家一樣的溫馨感！學到獨當一面的知識與經驗！』

不管怎麼看，這都是黑心企業——而且是「黑心企業RX（註19）」的徵才廣告吧……所謂家一樣的溫馨感，不就是「非我族類其心必異」的意思嗎？

「貼海報這種小事，妳可以直接交給我們。」

雪之下略帶委婉地說道，一色抬頭仰望上方，伸出食指抵住下巴，稍微想了一下。

「啊……沒關係，現在裡面感覺有點麻煩，所以我也要出去貼海報。」

想了半天結果是這種理由。說到底，這傢伙只是想偷懶嘛……另外兩個人當然也發現了背後的真相。

「……啊……啊哈哈，這個理由有點勉強……」

「一色同學，妳可以放心地回去喔？」

註19　惡搞自《假面騎士BLACK RX》。

由比濱毫不遮掩地泛起苦笑，雪之下則是毫不遮掩地泛起冰冷微笑。

「不、不是啦，我不是要偷懶。其實，這個活動要做的工作並不多……」

那妳為何還……被我用質疑的眼神一看，一色一臉疲倦地嘆了口氣。

「我們學生會的男女比例不是一半一半嗎？然後，書記小妹跟副會長的感情不是也很不錯嗎？再加上……嗯……哎呀～總之一言難盡啦☆」

一色含糊其辭，企圖裝可愛蒙混過關。雖然我最痛恨別人話只說一半，但只要夠可愛就沒關係！

「……嗯？」

「啊……原來如此。」

雪之下一副有聽沒有懂的表情，由比濱似乎從剛才的話裡察覺到大致狀況，我也大概明白內情了。

有麻煩的不是工作內容，而是人際關係，這種職場往往不在少數。我也曾經為了這種理由辭掉打工。不是我要說，那個店長和女高中生店員交往，那位女高中生又劈腿新進的帥哥大學生店員，綠光罩頂的店長當然不爽，便開始霸凌那位帥哥小王……拜託別鬧了，這種職場誰待得下去？別讓店長不開心，切記切記……

……不過，這種事真的隨處可見，不論進入什麼樣的團體都會遇到。

比比皆是，時有所聞。

可是，誰也不曉得最好的解決方法。

正當我要思考還未正視的問題和尚未出現的解答時，某人在背後推了我一把。

「事情就是這樣，我們快去貼海報吧！最好貼慢一點！」

「妳擺明了想拖延時間嘛……我倒無所謂，可是外面冷得要命，我想早點貼完。」

來到隔著一扇玻璃門的外面後，寒氣立刻包覆全身，我忍不住打了個寒顫。

天空還留有幾絲白晝的光線，讓我知道距離黃昏還有一段時間。

吐出的白色氣息飄向上方，我的視線也跟著追向天空。

× × ×

我攤開海報，大致按在要貼的位置上。今天的風比前幾天弱了些，所以這些薄薄的紙張，不至於被風吹得不停翻飛。

在我做這些事的期間，到對面便利商店買透明膠帶的一色，提著塑膠袋回到這裡。

「外面果然很冷。來，請用。」

一色從袋子裡拿出瓶裝紅茶，分別遞給雪之下和由比濱。看來她也順便買了慰勞品。

「謝謝。」

「哇……好暖和喔。」

雪之下用雙手握著拿到的紅茶，由比濱則是把紅茶貼在臉上取暖。

「來，學長也有。」

「喔。」

我拿到的是M罐……不錯不錯，這位大人滿機靈的。

我拉開拉環喝了一口後，忍不住深深地吐出一口氣。

天空一片晴朗無雲，像一幅畫般靜止不動。照這個樣子看來，晚上應該會瞬間降溫不少吧。

仔細想想，晴朗的日子反而會變冷，還真是不可思議。

然而，如果思考得更深入，就會發現這並非什麼稀奇的事。只要聽過「輻射冷卻」，便不難理解這種現象，再不然，只要理解「反正冬天很冷就對了」，也不會覺得這有什麼奇怪。

人的感覺全由知覺、記憶和錯覺所組成。因此，它其實沒有人類所想像得那麼可靠。

話雖如此，不管天空是晴朗還是烏雲密布，都改變不了寒冷的事實。我使勁握住M罐稍微暖暖手後，便開始工作。

第一張海報，貼在公民會館入口的玻璃門上。

「給你。」

「謝了。」

我從由比濱手中接過海報。海報的四個角落已經貼好透明膠帶，再來只要把海報按在牆上，輕拍幾下讓膠帶黏住牆壁就能搞定。

為了讓海報顯眼，最好貼高一點……我稍微挺直背脊，把海報貼在牆上。

「這樣行嗎？」

我回頭詢問，在距離幾步的地方看著的雪之下輕輕搖頭。

「貼歪了。」

「有嗎？這樣應該沒歪吧？」

我再次盯向自己貼好的海報，但實在看不出哪裡貼歪。當我百思不解地歪頭思考時，雪之下輕輕嘆了口氣。

「在個性本來就扭曲的你眼中或許沒歪吧。」

「喔喔，真有道理……但妳的個性也算是很扭曲吧？再說，所謂的正確到底是什麼？」

我回頭問道。雪之下撥開垂在肩膀上的頭髮，定睛注視過來。

「這個世上根本沒有絕對的基準，只有由某些人所決定的正確。而我現在說的話正是如此。聽我的就對了，左邊再稍微下來一點。」

「妳這番話就已經夠扭曲了……這樣如何？」

「嗯，就這樣吧。」

得到雪之下的核可後，我打算照著同樣的標準貼下一張。這次的位置在面向道路的公告欄，我拿著海報走過去，再次把海報擺在要貼的地方。

雪之下跟了過來，由比濱隨後也快步跑到雪之下旁邊。接著不知為何，一色也快步走到她們身旁。

「自閉男，再上面一點！上面！」

「太上面了。稍微下來一點。」

「咦？比起高度，先稍微往左移比較好吧？」

……喂，妳們幾個，可以麻煩一個人下指示就好嗎？

聽著上上下下左右左右之類的指示張貼海報，我不禁聯想到科拿米密碼（只有小學生程度的感想）。不過，現在的小學生八成沒聽過科拿米密碼這種東西吧。

「嗯，就這樣吧。再貼一張。」

我輕拍貼好的海報，使勁按幾下後回頭一看，只見一色把手藏在袖子裡，捧著熱可可輕輕搖頭。

「不用，這樣應該就夠了。反正不會有那麼多人來，貼這些海報也算是當作指示，避免有人找不到路。」

這樣啊……也對，以一個只有親朋好友參加的小型活動來說，這種程度的宣傳就差不多了。而且，指示這種東西出乎意料地重要。儘管在這個便利的時代，我們可以隨時拿出智慧型手機，上網搜尋目的地，難免還是有「這裡真的是我要找的地方嗎？要是搞錯就糗大了，還是回去吧……」這種不安的時候！指示就是這麼重要！像我就常常因為找不到指示而放棄打工的面試！

回到正題，今天的活動到底會有什麼樣的人來呢……因為我這次真的只有到活動當天才來幫忙，所以還沒掌握詳細內容。

前來諮詢的三浦、海老名和川崎一定會來，負責試吃的葉山應該也會被帶來……我才剛這麼想，就在道路的對面看到熟悉的人影。

由比濱也注意到對方，而使勁揮手。

「啊，是姬菜她們。嗨囉！」

「哈囉哈囉。今天就麻煩各位了。」

綠燈一亮，海老名便快步跑過來，戶部也在一旁緊緊跟著。

「安安喔～！」

那是哪門子的招呼，今天你生日嗎？看來這場活動，讓他的情緒比平時更加高昂，立刻就跟海老名和由比濱聊起天來。

戶部還是一樣煩人，而跟在他身後走過來的三浦則完全相反，緊閉嘴巴不吭一聲。

三浦不斷偷瞄她身旁的人，一下子調整包包，一下子整理頭髮，一點都靜不下心來。

這也是沒辦法的事。畢竟她馬上就要請那傢伙吃自己做的巧克力了。

雖然不曉得三浦是如何開口邀請，她似乎成功地把葉山帶來這裡了。

總之，第一關算是過關。再來只要讓三浦順利做出手工巧克力，就能完成她的委託。我暫時放下心來，拿起放在腳邊階梯上的M罐喝了幾口。就在這時，我聽到一陣急促的腳步聲。

然後，一色伊呂波倏地出現在眼前。

「啊，葉山學長！感謝你今天的大駕光臨！」

她才說完，馬上湊到葉山身旁。雖然三浦隔著葉山惡狠狠地瞪她，但一色咧嘴一笑，完全不把那視線放在心上。啊啊……三浦面前再次出現新難關了……

「嗨，伊呂波……啊，我來也行嗎？我沒做過點心，可能派不上什麼用場……」

葉山被夾在三浦和一色中間，泛起為難的笑意搔搔臉頰。三浦用肩膀輕輕撞了他一下。

「不需要在意那種事吧？隼人只要提供意見就行了……」

「就是說啊～試吃工作就麻煩學長囉！」

為了慰留和拉攏葉山，三浦和一色分別用害羞和撒嬌的聲音發動攻勢。葉山以爽朗依舊，只是多了些許困擾的淺笑輕輕帶過。

「那我們先進去吧。」

「也對，差不多該開始準備了。」

由比濱和雪之下互相點頭確認後，海老名等人跟在她們之後步入公民會館。

葉山也被緊緊夾在三浦和一色之間，邁開腳步。

哈哈哈，那傢伙還真是辛苦啊。當我事不關己地看著這幅光景、喝著M罐時，葉山突然轉過來，跟我對上視線。

「嗨。」

葉山簡短地向我打聲招呼，用眼神示意三浦和一色先走。兩人微微歪頭愣了一下，隨即走進會館。葉山用柔和的笑容目送她們離開後，瞥了我一眼。

「你也是來當試吃員的嗎？」

「嗯啊。」

「……原來如此。」

他聽了我的簡短回答，瞇起眼睛，然後忍不住輕輕笑了一聲。

「你笑什麼……」

此刻浮現在他臉上的，是彷彿看透什麼的眼神，以及帶有些許憐憫的微笑。那眼神和口吻讓我想起面對那個人時的情景。一股不快之情竄上心頭，使我不禁用帶刺的聲音如此反問。

葉山只是聳起肩膀，輕輕搖頭。他的表情相當柔和，剛才那種莫名成熟的感覺早已煙消雲散。

「啊，不，只是覺得很適合你。」

「什麼意思？」

「你喜歡吃甜食吧？」

葉山用半開玩笑的語氣說著，並且指向我手中的M罐。這個嘛……我確實常喝MAX咖啡沒錯啦……

所以囉——葉山小聲補上這句話後，颯爽地重新踏出腳步走進會館，與三浦和一色會合。

好險……剛才有一瞬間，我差點就誤以為被插旗，想著「討厭啦～葉山同學居然記得我喜歡的飲料耶♥」然後心兒怦怦跳——才怪。

……我反而覺得心情不是很好。如果不稍微開個無聊的玩笑，就會想到其他不該想的事。葉山八成也是一樣，所以才刻意開我玩笑，掩飾過去。

一口氣喝光剩下的M罐後，儘管明知無法捏扁，我依然使勁握緊罐子。

算了，好歹把海報貼完了。

至於會館內的工作狀況，不實際進去看是不會知道的。但我也不可能只站在一旁當觀眾，總得幫一些什麼忙才行。

於是，我的下一份工作開始了……

× × ×

雖然已經做好必須做些工作的覺悟，我卻沒想到會是肉體勞動。

各種大小的紙箱被隨意放置在大廳中央。裡面大概都是一色和學生會準備的碎巧克力、砂糖和發粉之類的材料。

我當前的工作，就是把這些紙箱搬到二樓的烹飪室。業者幫忙把東西送來這裡，便已經要感謝他們沒錯，但既然都搬來這裡，真希望他們好人做到底，直接幫忙搬到二樓……算了，我光是沒被叫去採買就不錯了。

「好，趕快來幹活吧！」

戶部捲起袖子，使勁搬起紙箱。我和副會長也跟著照做。不管怎麼想，決定人選的肯定是一色，我們都可以組成一色伊呂波被害者協會了……順帶一提，她心愛的葉山學長當然免除在外。

我們抱著裝滿材料的紙箱，吃力地爬上階梯。

「欸，不覺得這些紙箱意外地重嗎？」

戶部一馬當先走在最前面，但爬到樓梯的半途，似乎還是感受到紙箱的沉重，吆喝一聲重新抱好。跟在我身後的副會長，語帶歉意地說：

「抱歉，學生會男生很少，還好有你們幫忙。」

「其實沒有什麼……」

「對咩，我也早就習慣了。」

戶部瀟灑地轉過頭來，讓長髮在空中一甩，然後咧嘴一笑。啊……真是煩死人了。這樣很危險，拜託你看前面好嗎？要是跌倒可是會受傷的喔。還有，趕快把頭髮剪一剪啦。

話說回來，連戶部也被任性的一色耍得團團轉，可見他是個超級大好人。這位副會長也是，外表看起來就是比較軟弱，很可能常被一色使喚來使喚去。我們三個加在一起就是苦命鬼小組（註20），應該可以變成對付吸血鬼的武器。

我們三人搖搖晃晃地搬著紙箱，好不容易抵達烹飪室。戶部抱著紙箱，靈巧地用手肘拉開拉門。

在烹飪室裡，由比濱和雪之下正忙著準備各桌要用的烹飪器具。三浦、海老名和葉山也依照學生會成員的指示，幫忙準備其他桌子的器具。

我們走向一色等人身旁，詢問該把這些紙箱放在哪裡。

「辛苦了～」

在由比濱的慰勞聲中，我們把紙箱擺在地上。接著，雪之下立刻過來確認內容物。

「辛苦了。一色同學，材料已經預先分好了嗎？」

「分好了。再來只要拿到各桌上就行了。」

一色一邊回答，一邊清點紙箱的數量，然後輕輕點頭。

「看來材料都到齊了。那麼，麻煩各位趕快打開箱子，把東西拿出來放好。」

一色如此指示後，副會長抱著紙箱，快步走向書記小妹所在的調理臺。

註20 原文為「苦労人シリーズ」，音近「黑鬼系列（黑鬼シリーズ）」，為《終結的熾天使》中對付吸血鬼的武器。

我和戶部則彎下身體，一個個打開紙箱。

忙著開箱和彼此討論時的喧鬧聲，讓人切身感受到活動即將開始。此刻感受最深刻的，想必就是戶部。他三不五時便拉一下後髮，看起來相當開心。

「辦活動果然就是好玩。話說伊呂波，妳已經完全變成學生會長了耶。」

「是啊沒有錯我就是學生會長。不過，我還是會好好當社團經理。等到天氣變暖，我就會去參加社團活動！」

不對吧，就算天氣冷也得去參加社團活動好不好……

聽到一色精神十足的回答，戶部笑容滿面地豎起大拇指，還眨了眨眼睛。這傢伙真的很煩……

我們繼續進行開箱作業，拿出今天的主要食材——碎巧克力。

看到這些食材，戶部像是想到什麼，小聲地說：

「哇，這些巧克力看起來很好吃的說。真想偷吃一口的說。」

「啥？」

一色發出冰冷的聲音和視線，但戶部並不就此閉上嘴巴。不但如此，他還輕輕吸口氣，露出下定決心的正經表情。

接著，他起身環視周圍後，輕輕招手要我們集合。

「嗯？要說什麼祕密嗎？」

「我們現在很忙……」

由比濱一副興致盎然的模樣，雪之下則面露難色，但還是被由比濱拉了過來，所有人正好組成一個圓陣。戶部要我們集合，該不會是想說「大家排個圓陣，全員振作起來」之類的冷笑話吧……

雖然我如此擔心，但戶部並沒有耍冷，而是用手指纏繞著自己的後髮，故作嬌羞地開口。喂，這樣一點都不可愛喔！

「啊……該怎麼說呢？今天不是要做巧克力嗎？在某種意義上，我覺得反過來由男生這邊主動進攻好像也不錯……是否？是否？」

什麼是否，那麼想吃雞腿嗎……沒有的東西就是沒有啦，乖。

再說，先別管主不主動了，你平常不就一直在進攻，然後全都被中途攔截或直接無視嗎？真要反過來的話，應該是學會撤退吧？那種「追一次不夠，你有沒有追第二次」的信念是怎麼回事……討厭啦！這麼積極的男生現在已經是稀有動物，人家都心動惹～

可是，心動的人似乎只有我。女生們沒有一個聽懂他的意思。

「……唉，總而言之，他想主動推銷自己，看能不能拿到巧克力。」

由於在場沒有人願意吭聲，不得已之下，只好由我好心幫他總結。戶部聽了，立刻伸出食指對我說：

「答對咧！簡單說來就是這個意思唄？」

一色瞬間露出倒胃口的表情。

「雖然不知道目標是誰，但我覺得這絕對會產生反效果。男生暗示想要巧克力的行為通常只會讓人覺得噁心，所以戶部學長還是安分點吧。」

「這……這樣啊……」

伊呂波妹妹說話好毒……戶部也不由得閉口不語，用求救的眼神環視在場眾人。雪之下回應了他的期待。她托著臉頰微微歪頭，說出大概是認真思考後得出的結論。

「不過，一色同學說的話也有道理……煩人的蒼蠅在身邊晃來晃去確實很煩……」

「……」

戶部聽到自己被毫不留情地說到這種地步，終於也無語問蒼天。還有，為什麼伊呂波妹妹要一邊說著「對嘛對嘛」一邊用肩膀磨蹭雪之下撒嬌啊……？

正當我為戶部感到可憐，由比濱發出苦惱的聲音：

「嗯……可是，要是男生裝出完全不想要巧克力的模樣，女生也不知該如何是好……」

「沒錯唄！」

戶部瞬間復活，還大力地掐一下手指。但一色馬上又不留情面地開口：

「不不不，結衣學姐這番話只適用於女生原本就打算給巧克力的情況，完全不適用於戶部學長。」

「沒錯唄……」

見對方那麼拚命地揮手否定，戶部也不禁垂頭喪氣。

不過要論實際情況，那種可能性似乎並非為零。雖然沒有明確根據，但是當那個海老名出現在這種場合，親手做起巧克力時，她便已經跟過去的自己有點不同。當然，她也可能單純只是陪三浦來，沒人知道她真正的想法。

正因為處於曖昧不清的狀況，這種活動才能派上用場。

「只要努力做巧克力，搞不好自然有機會幫忙試吃。雖然我也不敢保證。總之，把這個拿過去。」

我說完後，把剩下的紙箱推給戶部。他先愣了幾秒，才察覺到我想說的話，拍手大喊一聲：

「對唄！有道理唄！」

戶部露出恍然大悟的表情，用力指向我後，就一肩扛起紙箱，迫不及待地前去海老名等人所在的調理臺。真是的，這傢伙雖然人不錯，但誇張的反應還是一樣煩人。

話說回來，戶部到底哪裡人啊……地方口音未免太重了吧？

× × ×

在那之後，我們繼續進行料理教室的準備，直到活動差不多要開始的時間。一色、雪之下和由比濱正在商量要做什麼巧克力。我沒有發表什麼意見，再加上無事可做，所以只是待在原地，聽她們對話。

聽著聽著，門外傳來喧譁聲。我斜眼看向時鐘，其他人也差不多該到了。這麼說來，聲音的主人應該是川什麼的……可是聲音的數量太多了。還是說，其實川什麼的有好幾位，只是我不知道而已？如果真是這樣，那就可以理解我為何總是記不得她的名字了……

好啦，來的會是哪位川什麼的呢？川島、川口、川越、川中島、川內、仙台……我緊盯著烹飪室的門不放，以便不管出現的是川氏家族的哪個人，我都叫得出名字。

過了一會兒，門終於打開。

結果，出現的是一個叫做玉什麼的傢伙。

「嗨，伊呂波。哎呀～真是太好了。上次活動的評價果然很不錯，我才正想著往後要和貴校維持緊密的 partnership，繼續推展 alliance 活動，就接到這次的 offer 了。」

「就是說啊～學長辛苦了——」

儘管對方劈頭就是一串連珠炮，一色也沒有聽進去半個字，輕描淡寫地以一句話打發掉。

海濱綜合高中學生會長玉繩……這傢伙先發制人的招式還是一樣犀利……只要擁有他那快速轉個不停的黃金左腕，要稱霸世界也絕非不可能。

另外，不光是玉繩，他的同伴也來了。他們八成是海濱高中的學生會成員，在聖誕節聯合活動時曾經見過的面孔，接二連三走進烹飪室。像那個讓人不爽的髮夾男和那個讓人火大的披肩男，我都還有印象。

「這個機會也是一種 business chance。說不定還能透過 crowd funding 之類的集資手段形成 scheme。」

「不能 agree 你更多了。」

「只要能建立還原 incentive 的 method，說不定就能刺激到 early adopter。」

「美國人會讓孩子在 flea market 上賣 lemonade，藉以培養他們的經濟觀念，應該很 near 那種感覺吧。」

「沒錯，那也是一種 case study。」

聽著那群傢伙的對話，我開始覺得 lemonade 彷彿是某種菁英才配喝的飲料，真是不可思議。該不會只要出自他們口中，連可爾必斯跟 APPLE SIDRA 都會變得尊爵、不凡吧？

「我還是完全聽不懂他們在說什麼……」

我忍不住小聲抱怨，雪之下輕輕嘆了口氣。

「因為你的菁英指數太低了。不但瞳孔放大嘴唇發紫，就算叫你也沒什麼反應……」

「那是昏迷指數太低吧。」

再說要是真的瞳孔放大，我早就已經翹辮子了……不過，那些傢伙還真是一點都沒變啊……畢竟人類沒那麼容易改變。要是失敗個一兩次就灰心喪氣，他們也不至於變成今天這副德行。想到這些人其實是在貫徹自己的信念，我便對他們產生好感。

很好很好，希望玉繩和他愉快的夥伴們能永遠維持這樣。當我暗自如此祈求時，某人從他們身後冒出頭來。

「啊，是比企谷耶。你果然也在！」

「嗯……是啊……」

折本佳織還是老樣子，以完全無視距離感的輕鬆口吻向我搭話。她丟下海濱綜合高中那群人，快步走過來。

接著，折本將視線移向我的身後。

「啊，妳好。」

「妳、妳好……」

折本輕輕轉頭打聲招呼後，由比濱也略顯慌張地回應。雪之下只是交疊雙手，用眼神回禮。

這種莫名緊張的氣氛是怎麼回事……

仔細想想，她們三人好像一直沒機會好好說話，頂多知道彼此的存在。雖然不奢望她們立刻變成好朋友，但至少不要把場面搞得這麼僵好不好……

我用眼神向相較之下和折本比較有話聊，對表面上裝出要好模樣這點頗有一套的一色求救，換來的卻是一陣咳嗽聲。

嗯哼、咳咳——這咳嗽聲略顯低沉。正當我納悶著以一色而言，那聲音也未免太不可愛，才發現原來聲音的主人是玉繩。玉繩似乎是見折本主動過來搭話才注意到我，他露出不太高興的表情。

「你們也來了啊……」

「啊，我沒有說嗎？」

一色用纖細的手指輕觸水嫩的嘴脣，輕輕把頭偏向一邊。這傢伙裝傻的本領真是強大……

「嗯……這個嘛，我的 MailBase 裡好像沒有留 log……」

一色無視低聲沉吟的玉繩，轉頭看向我，俏皮地吐出舌頭。妳那是什麼表情，好可愛啊。

一色的裝傻功夫了得，玉繩似乎放棄追究，他繼續低聲沉吟，往遠離我們的烹飪室另一個角落走去，海濱綜合高中的學生也迅速跟上。

「待會兒再聊吧～」

折本也輕輕舉手道別，快步追上那群人。

我目送她離去的背影，悄悄詢問滿臉假笑的一色。

「……那些傢伙怎麼也來了？」

「要是能以聯合舉辦的名義，向海濱綜合高中那邊挖些經費不是很好嗎？這樣我也能省一些人情巧克力的開銷，超走運！」

「這、這樣啊……」

真不愧是一色伊呂波，遠遠超出我的預料……這傢伙總有一天真的會被捅……我不禁擔心起她的安危，並投以輕蔑的視線。一色似乎也有點過意不去，紅著臉乾咳一聲。

「況且我們還是有收參加費，所以以預算面來說，活動本身結得出盈餘。不過把各項經費加加減減後，其實也只是不賺不賠收支相抵損益兩平。」

「我開始連伊呂波說的話都聽不懂了……」

由比濱露出一副頭痛的表情。

我想也是，畢竟假菁英和假內行有些相似……順帶一提，不賺不賠和收支相抵都是損益兩平的意思！

不過，一色為了投入學生會預算，想必也動了不少腦筋吧。製作那些海報，八成就是為了證明真的辦過活動，只要有實際品項支出，請款的時候也很方便！她居

然練就這種不必要的商業頭腦。參加費也相當低廉，還能大賺一筆簡直就是商業搖滾啾！（註21）

此外邀請其他學校協辦，能讓預算加倍，要是再跟這些人收取參加費……這是一個小小投資給你大大回報的概念。

總覺得如果一色被說是公器私用或盜用學生會公款，她將無從辯駁……由於我對財務管理這方面不是很熟，這次姑且裝作沒看到吧。反正，只要不是用我的錢就好。社畜精神早已在我的心中根深柢固。

一色的言論讓我感到頭痛，但實際上，這個活動也因此才得以成立，所以一色的嘗試並沒有太大的錯誤。

而且，頭痛的人似乎不只我一個。雪之下也按住太陽穴，深深嘆了口氣。

「先不論那種想法是否正確……但妳比我想的還要優秀呢，一色同學……」

「沒錯沒錯，一色同學很有能力喔～雖然偶爾會脫線一下……」

「啊……這我好像可以理解……」

某人用溫和的聲音這麼說道，由比濱露出苦笑同意。嗯，說得沒錯。

……溫和的聲音？

那聲音不同於雪之下、由比濱或一色，帶有某種讓人昏昏欲睡的魔力。我意識

註21 原文為「商売ロックぴゅる」。「商売ロック」為日本手遊、動畫《SHOW BY ROCK!!》別名，「ぴゅる」則是其中一位角色的口頭禪，配音員與一色伊呂波為同一人。

到這一點，猛然回頭。

用髮夾固定住的瀏海、光滑的額頭、每次搖晃都散發安詳氣息的髮辮，還有燦爛的招牌笑容——

「啊！城迴學姐！」

「妳……妳好……」

由比濱驚訝的叫聲和雪之下略為困惑的招呼聲同時響起。她們兩人都眨了眨眼睛。

「嗯！大家好～～」

前任學生會長，城迴巡學姐在微微隆起的胸前輕輕揮手，回應我們的招呼。

「請問……為什麼妳會過來……？」

學姐突如其來的現身，對我們造成小巡巡效應（主要效果是治癒、放鬆精神和附加大姐姐屬性等等），但我還是努力開口如此詢問。巡學姐拍一下手並微微歪頭，一臉開心地說：

「因為收到邀請……所以我就來了～」

學姐輕聲一笑，周圍立刻充滿輕飄飄的氣息。這正是超級小巡巡效應（主要效果是復活、排毒、附加大姐姐屬性、在偶爾展現成熟氣息中追加天真爛漫的舉止效果。於是對手灰飛煙滅）。

巡學姐維持溫和的語氣，往前踏出一步，握住一色的手。

「我負責在畢業典禮發表致謝詞，來到學校啊，便遇到一色同學，然後她就邀請我來囉～」

喔——邀請學姐的人是一色嗎？還以為她不太擅長應付巡學姐……我看向一色，她迅速別過頭，用非常低的音量嘟噥：

「……因為人數到一定程度，能壓低個人分擔的費用嘛。」

巡學姐似乎沒聽到一色的碎碎念，反而還在為受到邀請而開心不已，拉著一色的手甩個不停。至於一色本人則是一臉困擾地轉過身體。

「我已經通過推薦入學，現在多得是時間。可是朋友都還在忙著準備考試……所以我只找了有時間的成員過來。」

「是喔……這樣啊……」

話說到一半，我突然發現不對勁。成員？成員這種說法有點奇怪……感覺像是在某種壓力之下，逼不得已才改用這奇怪的字眼，稱呼本應稱作嫌犯的傢伙。我看向巡學姐，用眼神詢問那句話的意思，而巡學姐也轉身看向後方，出聲問道：

「對吧？」

下一秒，好幾名學生以幾乎是憑空出現的方式登場。怎麼回事？他們是忍者戰隊嗎？我在模糊的記憶中翻找一陣，才想起這些人確實有些眼熟。看那些眼鏡仔的模樣和氣質，應該是前任眼鏡仔學生會的成員。

他們對繼任的學生會，果然有不少意見吧。畢竟一色當上學生會長的過程出了不少問題。更重要的是，對於巡學姐而言，學生會肯定是個很特別的地方。

巡學姐終於放開一色的手，把雙手輕輕放上雪之下和由比濱的肩膀，用有些懷念的表情，環視我們的臉。

「雖然跟想像的不太一樣，能像這樣再次參與學生會的工作，並且跟雪之下同學、由比濱同學……還有比企谷同學你們說上話，我真的很高興喔。」

「我……我也很高興！」

由比濱似乎也受到小巡巡效應的影響，帶著快要融化的笑容如此回答。雪之下雖然沒有應聲，但也稍微低著頭，耳朵微微泛紅。

仔細想想，我們侍奉社認識的學姐，也只有巡學姐。

……糟糕，要是看到巡學姐在畢業典禮上朗讀致謝詞，我搞不好會哭出來。其實，我現在已經有點眼角泛淚了。大家都知道我對年紀比自己小的女生完全沒轍，而年紀比較大的女生同樣也是我的弱點。

這個人是我的學姐，真是太好了。當我沉浸在溫和的心境中時，巡學姐也環視我們的臉，不斷點頭。

接著，她握起拳頭，像是要幫大家打氣。

「好，大家今天也要努力喔！喔——」

沒人跟著高舉拳頭大聲呼喊。一色甚至把剛才敬畏三分的態度拋到一邊，用冰冷的視線看著巡學姐。

但巡學姐完全不在意，自顧自地再次高舉拳頭。

「喔——」

「……喔、喔——」

要是不好好配合，她肯定會一直重複下去……更重要的是，她身後的前任學生會成員發出的壓力，不是普通的恐怖……最後我決定乖乖地模仿貓拳那樣微微舉手。這一次，巡學姐終於滿足地呼了口氣。

接著，她看一眼牆上的時鐘，我也跟著看過去。人已經差不多到齊，食材和調理工具也準備好了。雖然川崎她們還沒到，但應該很快就會抵達吧。

活動差不多該開始了——當我這麼想時，巡學姐歪起頭說：

「陽乃學姐有點慢呢。」

「就是說啊，這個地點應該不難找才對。」

一色點點頭，對巡學姐的話表示同意，我則是整個人完全僵住，沒辦法點頭。

剛才，她是不是提到一個危險的名字？

巡學姐口中的名字，不可能是指在某溫泉旅館上班的女服務生（註22）。她會這麼稱呼的人，只有一個。

我斜眼看向旁邊，雪之下稍微皺起眉頭，由比濱似乎也猜出一二，盯著門口猛

註22 巡對陽乃的稱呼原文為「はるさん」。此指美少女遊戲《美少女万華鏡》登場角色「稲森はる」。

瞧。

沒多久後……

鬆動的門發出聲響微微挪動，纖細的手指從縫隙鑽進來，用力把門打開。

喀、喀——在高跟鞋清脆的聲響中，門外的人一步步走進室內，來到我們面前。

「嘻——嗨囉！對不起，我遲到了嗎？」

「如各位所見，這位是今天的特別講師，陽乃學姐！」

「大家好大家好，我是陽乃學姐。」

一色用裝可愛的撒嬌聲介紹後，雪之下陽乃也很配合，半開玩笑地說道。她舉起手打招呼，讓鮮紅色的大衣輕輕飄起。

「啊，陽乃學姐。好久不見。」

「……巡，我們不久前不是才見過嗎？」

巡學姐快步走過去，陽乃戳了戳她的額頭，一副「少來～」的模樣。

「陽乃學姐做的甜點超好吃，所以我很期待嘛～」

「嗯，既然妳這麼拜託，我做就是了。身為一個好心的學姐，當然不能拒絕學妹的要求囉～」

比起溫柔，她給人的感覺更像是「突擊！（註23）」一般，只讓人感到畏懼……

註23 原文為「ヤシャシーン」，《亞爾斯蘭戰記》中軍隊突擊時的吶喊聲，音近「溫柔（やさしい）」。

我利用她們短暫閒談的空檔，向一色招手，小聲問道：

「喂，妳為什麼叫她過來？」

「因為她看起來就身經百戰啊～」

一色疑惑地歪著頭，以理所當然的口氣如此回答。嗯，她的判斷完全正確。陽乃何止是身經百戰，根本是百戰百勝，而且還窮凶惡極。

「其實只要我一個人就夠了……」

雪之下交疊上臂，將視線從陽乃的身上移開。

「是啊，先不論教法，妳做的料理的確超好吃。」

「……這不是什麼大不了的事。」

雪之下似乎沒想到自己會被誇獎，一瞬間說不出話，接著很快地別過頭去。不過，我可不是在誇獎妳，而是拐個彎說妳的教法很爛。

「不過，我很期待小雪乃教我喔！」

由比濱一個飛身摟住雪之下，讓她稍微平復心情，乾咳兩聲掩飾害臊……也對，既然在雪之下之外還有其他講師，雪之下能指導由比濱的時間也會增加，這並不是什麼壞事。

但我還是有點在意，一色為何專程找陽乃過來。

真要說的話，這場活動的參加人數並不算太多，一色也說過自己的手藝還不錯。而且在她之外，應該還能找到幾個有做甜點經驗的女生。

「就算不找那個人過來也行吧？雪之下的料理技術已經比絕大多數人強很多了。」

我悄悄向一色詢問她這麼做的理由。

「嗯，我知道雪之下學姐真的很會做料理，所以才拜託她擔任講師。」

一色說到這裡忽然打住，有些尷尬地別開視線。

「只不過……那個……男生的接受度可能有點……」

「算妳有眼光……」

雪之下的確很擅長做料理。然而，她欠缺「殺必死」的精神。硬要逼我講的話，就是胸前的視覺刺激。相較之下，雖然由比濱的殺必死很到位，最基本的料理技能卻差勁到驚天地泣鬼神……雪之下做甜點的方式紮實歸紮實，但如果要她做一色口中那種男生會喜歡——也就是女生用來表達心意的甜點，確實有些不安。

就這點來說，雪之下陽乃擅長掌握人心，而且男女通吃——更正確來說，應該是擅長掌握，然後粉碎人心。若論看穿人心弱點的技巧，我還真不知道有誰比她厲害。

再加上，她的基本能力也勝過雪之下。即使是做甜點，她肯定也能徹底發揮能力和御人術，搞不好不光是人類，連妖精都會被收服。

我只能拚命想著這些有的沒的，轉移自己的注意力。

雪之下陽乃的一切行動都毫無意義，但也別有用意。

她今天會出現在這個地方，肯定也是有某種打算，不可能只因為學妹拜託便輕易出現。

她那個人總是這樣。

一如其名，把一切都攤在陽光下。

卻完全不展露自己的內心。

5 突然間，平塚靜談論起現在進行式與過去式

活動過程沒有遇到特別大的阻礙，也沒有什麼值得一提的插曲，四平八穩地進行著。

到了活動預定開始的時間，眾人不約而同地你看看我、我看看你，如同透過心電感應確認「那我們開始吧」。一色簡單地致詞後，所有人便分頭進行料理。

我不需要做巧克力，所以閒了下來。硬要說的話，我其實是有協助支援打雜跑腿當小跟班的任務在身，但簡單來說就是沒有工作。

雪之下與我相反，她已經動作俐落地開始工作。

雪之下、由比濱和三浦站在我前方的調理臺，一本正經地看著巧克力和調理工具。

「先把巧克力切碎，然後隔水加熱。雖然也得看要做什麼，但不管怎樣，都得經

過這個步驟。」

「就這樣？」

「……基本上是這樣沒錯。不過，在這之後才是重點……」

三浦的聲音聽起來有些掃興。雪之下一邊回答她的問題，一邊叮叮咚咚地示範用菜刀把碎巧克力切得更碎。她流暢的刀工讓由比濱發出讚嘆。呃……現在就佩服也太早了吧……

三浦也有樣學樣，跟著雪之下開始動手。她似乎不太習慣用菜刀，一副戰戰兢兢的模樣，鏗鏗鏗地粉碎巧克力。順帶一提，由比濱還不被允許拿菜刀。這也是沒辦法的事。

三浦把巧克力切碎得差不多後，抬起頭來臉上流露一絲滿足。我說，距離巧克力完成還遠著呢，小姐……

不過對三浦而言，那小小的一步，似乎已經是她的一大步。

「哼……很簡單嘛。」

她露出得意的笑容，用炫耀的語氣這麼說。不過，左右兩邊的人立刻潑她冷水。

「妳太天真了！優美子！」

「超天真。」

由比濱不留情地吐槽，雪之下也帶著冷笑說道。儘管如此，三浦還沉浸在「想不到這麼簡單」的心情中，歪著頭問：

「啊？這有什麼難的？」

由比濱得意地挺起胸膛。

「接下來才是難關喔！那個隔什麼的可不是把巧克力放進水裡煮，而是要『嘩——』地這樣喔！」

她想表達的大概是「攪拌」和「調溫」。可是等等，難道妳連隔水加熱這個詞都記不住？妳還是三百六十五天後再來吧！

另一方面，雪之下也對由比濱的話大感頭痛，按著太陽穴嘆氣說道：

「要是讓融化過的巧克力直接凝固，上面會浮出白色油脂，不但影響美觀，還會破壞口感。而且，之後的步驟也要花上不少功夫與時間。」

不是我在說，她們兩人的發言層級未免也差太多……相當於手遊大戶跟老是敲碗吵著要出包補償的玩家之別。

在由比濱的不知所云和雪之下的以理勸說下，三浦也逐漸改變想法。

「是喔……那下一步呢？」

她的口氣沒什麼不同，但態度變得較客氣。至少，那已經算是向人求教的態度。看到這樣的三浦，雪之下微微一笑。

「先從隔水加熱和調溫開始吧。之後的步驟則要視做的東西不同，額外下點功夫……不過，今天來了這麼多人，就挑戰看看巧克力蛋糕如何？」

「巧克力蛋糕！原來就算不是糕餅師傅也做得出來啊！」

「並沒有那麼困難……我要用純巧克力來做，三浦同學和由比濱同學可以選擇自己喜歡的巧克力。」

由比濱露出閃閃發亮的尊敬眼神，三浦也用「喔～不錯嘛」的視線看著她。雪之下忍不住苦笑。

雖然由比濱的廚藝很讓人擔心，但既然有雪之下在，應該不至於發生慘劇吧。

那麼，其他人的狀況又如何呢？我將視線移向旁邊的調理臺，一色正自顧自地做著甜點。

看樣子，她的料理過程頗為順利。

她已經完成隔水加熱的步驟，碗裡的巧克力看起來絲滑柔亮，另一個碗裡的蛋白霜也已經打得鬆軟綿密。光是見到那純熟的手法，即可看出她早已累積不少經驗。

一色在碗中加進一小匙看似洋酒的液體，攪拌一下，再用湯匙舀起少量巧克力，淺嘗一口試味道。

她含著湯匙好一段時間，才歪了歪頭，似乎不是很滿意，又繼續在碗裡加進砂糖啦鮮奶油啦可可粉之類的東西。

「妳真的會做料理啊……」

雖然用「意想不到」好像不太正確，看到她做甜點時一點也不馬虎，我還是很驚訝，才脫口說出這種話。結果，一色白了我一眼。

「學長，你懷疑我說的話嗎？」

「不，我不是這個意思……只是覺得很厲害。妳還挺努力的嘛。」

想到她為了讓葉山品嘗自己的料理，而付出這麼多努力，我便不禁對那樣的傻勁萌生好感……儘管還是遮掩不了節省人情巧克力成本的意圖，在制服配上圍裙的外觀加成下，這算計也變成一種屬於她的努力，而開始討人喜愛，真是不可思議。我在此大聲呼籲：制服圍裙比裸體圍裙棒多了！不過，最棒的當然還是無袖上衣配小短褲的圍裙小町，沒有之一。

正當我分神胡思亂想時，聽到這番話的一色眨眨眼睛，愣住幾秒鐘後，又很快地伸出雙手往前推，和我保持距離。

「學長你在說什麼啊想趁機告白嗎別以為今天在做甜點所以說些甜言蜜語就能打動我那種想法太天真了麻煩你想清楚後再來一次真是對不起。」

一色畢恭畢敬低下頭，毫不留情地發我卡。我才不是要趁亂告白，幹麼再來一次……

一色伊呂波果然還是老樣子。不，她鬼靈精怪的腦袋和厚臉皮的個性，搞不好都有所成長了。我半無奈半佩服地嘆了口氣。這時，一根湯匙倏地湊到我的嘴邊。

「嘿！」

一色輕叫一聲，把湯匙插進我嘴裡。我被她突如其來的舉動嚇得不知所措，眼睛眨個不停，一色則是露出魅惑的微笑。

「學長，你討厭這種甜嗎？」

一色玩弄著手中的湯匙，微微歪頭，抬起雙眼看向我。她泛起小孩惡作劇得逞時的得意笑容，也像女孩子一副「怎麼樣啊～」地挺起胸脯。這樣的反差在我眼中非常有魅力。

「……不討厭。」

雖然糖分肯定沒那麼多，口中的甜味卻讓我的舌頭幾乎麻痺。還有，那不是她剛剛用過的湯匙嗎……這真的對心臟很不好，拜託別再這麼做了……

甜食固然有助於消除疲勞，但是對這種精神上的疲勞只會有反效果。湧上心頭的疲勞讓我忍不住嘆一口氣。在此同時，一色也跟著嘆氣。

「唉……我不是在問味道啦……」

她表現出滿不在乎的樣子，但雙眼還是偷偷看向這裡，似乎期待著我的答案。

我一邊回味殘留在口中的甜味，一邊細細咀嚼一色想說的話。

「儘管如此，我的答案也不會改變……」

「……這樣啊。」

一色陷入沉思，看著手中的碗不斷點頭，然後猛然抬起臉。

「謝謝你的意見，那麼我出發了。葉山學長──」

一色的臉上堆滿笑容，話都還沒說完就衝了出去。

我目送著她離去，用手指抹起沾到臉頰上的巧克力放進嘴裡。巧克力與蘭姆酒的香味竄過鼻腔。

「太甜了……」

我又低聲複述一次感想，但很快便被金屬互相碰撞的聲音掩蓋。金屬碰撞聲會讓人背脊一陣發涼。我轉過頭要看看是哪個討厭鬼在製造這種噪音，結果是雪之下一手抱著碗，一手拿著湯匙在裡面攪拌。

「……這麼說來，比企谷同學是負責試吃對吧。因為你一直派不上用場，我才完全忘記這件事。請務必也讓我聽聽你對這碗巧克力的感想。」

雪之下把湯匙的握柄轉到我面前。湯匙上盛滿了漆黑色的巧克力。

「裡面絕對超過九成都是可可，很苦對不對……」

就算不用吃也猜得出來，裡面肯定沒加砂糖和鮮奶油，頂多放了一點無鹽奶油。不管從外觀或香氣判斷，這團黑得發亮的玩意兒肯定是可可。

然而，雪之下依舊以冰冷的視線盯著我，完全沒有退讓的意思。她又踏過來一步，以不由分說的態度遞上湯匙。想當然耳，我不可能接下那種東西，所以只是站在原地和她互瞪。接著，由比濱也來插一腳。

「啊，還有我的！我的怎麼樣？」

她把整碗疑似是咖啡色史萊姆的液體湊到我面前。那已經沒辦法稱作巧克力，就算說是巧克力醬也沒有那種黏度，騙我是 Van Houten 的牛奶可可，我搞不好還會相信。

眼前的碗裡發出甜甜的香氣。

「我覺得，你應該會喜歡這個……」

我又仔細看了一眼她面帶傻笑端來的碗，突然有種似曾相識的感覺。嗆鼻的甜味中，依稀混雜咖啡的香氣，泛白的茶色液體裡冒出的泡泡，看起來甜得要命……感覺有點像ＭＡＸ咖啡……

但是別忘了，這碗神祕液體的製作者是由比濱，實際味道絕對跟外表有很大的出入……畢竟，這個人可是活生生的味覺恐怖箱。不是我要吐槽，現在不是在做巧克力嗎？

一邊是不用吃也知道很苦的黑暗物質，另一邊是無法預測味道的黑暗物質。混在一起的甜味和苦味讓我暈頭轉向……

雙方同時提出試吃要求，我實在不知道該如何應對。

「讓……讓我考慮一下好嗎？」

當我躊躇不前時，烹飪室的門被猛然打開。

某人踩著高跟鞋，老大不高興地筆直走過來，還吐出有如颳過地獄底部的風一般的嘆息。

「呿，我聞到春天的氣息了……」

如同感覺到瘴氣般，滿是怨念地喃喃自語者，當然是我們的平塚靜小姐（單身，三字頭）！

平塚老師說得極為不滿，但我怎麼都感覺不到她口中的春天氣息……

「那個……平塚老師怎麼會來這裡……？」

「嗯？因為一色之前來報告過，我才過來看看情況。」

面對雪之下的疑問，平塚老師疲憊地嘆著氣回答。接著，她看向雪之下和由比濱手中的碗，發出陰沉的笑聲。

「一直忘記告訴你們，學校禁止攜帶巧克力喔。」

「有這條校規嗎？」

由比濱歪著頭這麼問，平塚老師露出邪惡的笑容。

「沒有這條校規，但是禁止。那種東西不但與學業無關，而且還很礙眼。你們以為我為何贊成廢除教職員辦公室的人情巧克力？一方面固然是嫌麻煩，另一方面也是為了讓學生嘗到同樣的痛苦。愛情這種東西就是要遇到阻礙才會轟轟烈烈嘛。」

居然笑容滿面地說出這種爛到極點的話！我真是愛死她的這一點了！不過，世界上總是也有從蠢蠢——更正，是純純的人情巧克力開始發展的愛情故事！願意收下巧克力和願意收下老師的善心人士，熱烈招募中！

「反正情人節當天是入學考試，也不上課。」

平塚老師說到這裡，忽然溫柔地一笑，補充一句「我開玩笑的」。

她看向雪之下和由比濱手中的碗，一臉開心地摸摸她們的頭。

「加油吧。」

聽到這句話，由比濱有些困惑地傻笑，雪之下則把臉別向一旁。平塚老師見了，只能苦笑，最後再一次輕撫她們的頭。

×　×　×

雖然不能說是拜平塚老師所賜，這位不速之客的確讓現場氣氛起了變化。伴隨著甘甜的香味，烹飪室內開始散發和諧的氣氛。

這時，另一名象徵著和諧的人物出現了。

那位女孩的頭髮青中帶黑，整齊地分成兩束披在肩際，身穿大小剛好的兒童圍裙。她那將來肯定會變成美人的面貌，連我都記得非常清楚。

她是川崎京華——川什麼的妹妹。

川崎去幼稚園接京華，一手拿著購物袋姍姍來遲。她俐落地幫妹妹做好料理的準備後，滿足地呼了口氣，再拿出相機拍照留念。

那件圍裙八成也特地配合京華的尺寸，重新改過，繡上的補花和名字都很可愛。

她拍下幾張照片後，才想起自己的準備還沒完成。

「那個……我也想去做一下準備……」

川崎輕輕向我招手說道，兩隻眼睛卻不直視過來。

嗯。雖然不曉得她必須離開這裡做什麼準備，女孩子總是比較麻煩。這種時候追問太多只會惹她們生氣，這點我已經從小町身上實證過。再說，這裡有很多不認識的人，還有許多危險的調理工具，她肯定不放心離開妹妹身邊吧。

「嗯，我會看著她，妳不必擔心。」

「那就麻煩你了……」

川崎向我點頭示意，隨即快步離開烹飪室。

我目送她離去後，重新轉身面對京華。

不知道是因為在幼稚園玩累，還是因為剛才被川崎瘋狂拍照太累，京華看起來有些倦意，眼皮都快要垂下來了。

不過，她抬頭仰望我，眨了幾下眼睛後，立刻張開嘴巴。

「是八八耶！」

她好像還記得我，努力伸出小手，指著我的臉。

「嗯，是啊，我是八八。雖然是八幡才對。還有，別用手指對著別人，會刺到喔。」

我在京華的面前蹲下，同樣伸出手指，戳戳她的臉頰。哇，好軟……

臉頰被快速連戳後，京華發出像是海狗般的奇怪叫聲，表情充滿困惑……嗯，調教完畢。她以後不會再隨便指著別人了吧。

儘管已經心滿意足，她的臉頰實在太柔軟，讓我捨不得移開手指。哎喲～真的好軟……小町也有過這段時期啊……不，她現在應該還是很軟吧——我一邊想像，一邊繼續戳京華的臉頰。京華露出不太高興的樣子，但她很快地想到了什麼。

「嘿！」

她毫不客氣地用力戳一下我的臉頰。

「好痛……不是說不能指著別人了嗎？要是刺中眼睛該怎麼辦？」

我繼續戳她臉頰以示處罰。結果，京華似乎以為我在跟她玩，開心地大笑起來，同時不忘發動反擊。嗯……調教失敗了嗎？

正當我戳著京華的臉頰，思考該怎麼辦時，身後傳來冰冷的聲音。

「……喂，你在幹麼？」

「咦？不，這是……」

回頭一看，是穿著圍裙的川崎。她拿著碗和碎巧克力，用不屑的眼神俯視著我，然後深深嘆了口氣，難以啟齒地說：

「那個……我很感謝你幫忙看著她，不過這種事還是……」

「不，等等，事情不是妳想的那樣。」

掛著死魚眼的危險男子一直在戳可愛小女孩的臉頰……如果只看畫面，根本就是犯罪。要是這種事發生在戶外，肯定會被報警，變成傳閱板上的警告事項，然後老媽會半開玩笑地說：「該不會是你吧哈哈哈」，而我則是百口莫辯……更何況，川崎那「虧我這麼相信你……」的眼神，也讓我產生些許罪惡感。

「這是……該怎麼說呢……」

我站起身，高舉雙手表示無意抵抗，同時拚命思索藉口。這時，某種東西緊緊貼住我的腳。往下一看，原來是京華抱了上來。

「其實啊，我是在跟八八玩啦。」

「嗯，就是這麼回事……」

雖然是我主動跟她玩的，但要是換個角度來看，也可能理解成我被一個小女孩玩弄。就我被她的可愛和柔軟臉頰耍著玩這層意義而言，絕對不算是騙人。

小小年紀就會玩弄男人，這女孩真是太可怕了……！

不過，這女孩的將來肯定值得期待。事實上，她的姐姐川崎沙希正是如此，任何明眼人都會認同她算是美人，可惜乍看之下有點像不良少女這點美中不足。但她看著妹妹的眼神，絲毫沒有那種可怕的感覺和狠勁。

「……這樣啊。」

京華天真無邪的舉動讓川崎怒氣全消，微微一笑。京華也同樣笑了出來，維持緊抱著我的姿勢，歪起頭天真無邪地問：

「沙沙也要玩嗎？」

「不……不用了。好了，京京，過來這邊。」

川崎把京華從我身邊拉開，緊緊抱在自己懷中。用不著那麼緊張，我不會亂來啦。總之，看來我不用被警察抓走了。我不由得鬆了口氣。

相對地，川崎顯得有點神色不安。她一邊撫摸京華的頭，一邊環視烹飪室內，詢問：

「帶她來這裡真的好嗎？」

我多少能理解她的不安。在場的幾乎都是高中生，甚至還有其他學校的人混在裡面，京華出現在這種地方，總是顯得不太自然。不過，這並不是什麼正式的活動，也沒有明確的規定。

我偷偷看向斜對面的調理臺，陽乃正在和巡學姐開心地聊天。打從那人出現時，便沒有什麼參加資格的問題了。

「沒差吧，連不是高中生的人都來了。」

「嗯……」

聽到我這麼說，川崎也點頭表示同意。說起來，今天這場活動的目的，也包括解決川崎的委託。雖然讓她感到不自在這點有點過意不去，但至少必須完成她的委託……我沒辦法直接給予什麼幫助就是。

我四處張望，找尋能夠完成委託的人。這時，身後傳來慌張的腳步聲，以及開朗的招呼。

「啊，沙希。妳趕上了啊。」

打招呼的人是由比濱。雪之下也跟在她的後面。

「小京華也好久不見了～～」

由比濱蹲下來撫摸京華的頭。由比濱和雪之下都在聖誕節活動時見過京華，所以彼此都認識。

雪之下也走到京華的身旁，但她微微舉起的手卻一下伸出去、一下縮回來。看樣子，她不曉得該怎麼撫摸京華。真是沒用。

我才剛這麼想，就發現另一個沒用的傢伙。

「那個……今天要麻、麻煩妳了……」

在煩惱許久後，川崎一臉難為情地小聲打招呼。京華愣愣地望著她，不知道心裡有什麼想法。接著，她也端正姿勢，深深地低頭鞠躬。

「請多多指教。」

也許是幼稚園老師教的，雖然說得慢條斯理，她的問候讓人倍感親切，與不愛理人的姐姐正好相反，我的嘴角不經意地微微上揚。不光是我這麼認為，由比濱也為她可愛的模樣心花怒放，川崎更是為妹妹的成長而感動到眼角含淚。

雪之下同樣流露充滿慈愛的笑容。她輕輕按住裙襬，慢慢蹲下，看著京華的雙眼，緩緩地說：

「嗯，請多指教。那麼，妳想做什麼樣的甜點？」

被這麼一問，京華抬頭看向川崎。川崎對她點了點頭。

「京京，妳想吃哪種甜點？」

京華愣了一下，隨後突然開口回答：

「鰻魚。」

「呃……這樣啊……」

我一時不知道該如何反應。原來如此，鰻魚啊……

「抱歉，前陣子我們家吃了鰻魚，之後她就變得非常喜歡鰻魚。」

川崎難為情地低下頭。可是，小孩子往往會說些自己也不知道意思的話。她應該沒有想太多，只是隨便說出自己有印象的食物而已，根本沒必要當真。

雖然我這麼想，雪之下卻托著下巴認真思考……

「這樣的話，鰻魚派如何？我是知道派的作法，但得查一下如何處理鰻魚……」

「喔？那種派不難做嗎？」

「對。」

雪之下一臉理所當然地回答。這傢伙還真是什麼都會啊，只可惜自己身上的派遲遲發不起來……

「如果妳們不嫌棄的話，要不要試做一次看看？」

聽到雪之下的提議，川崎滿臉通紅地不斷搖頭。

「不……不用了！我希望妳教些這孩子也能做的東西……」

「那麼，松露巧克力應該不錯……我去把追加的材料拿過來。」

雪之下說完，走向烹飪室前方的講桌。

在等待她的期間，我把視線移向京華，才發現原本顧小孩的工作已經被由比濱搶走。

由比濱蹲下身跟京華聊天，沒注意到自己快要走光。

「妳想吃鰻魚啊……這個我懂。我也想試著做看看呢。」

「鰻魚好好吃。醬汁還會沾到白飯上面喔。」

「對啊，鰻魚很好吃～」

「是啊，白飯好好吃。」

「咦？白飯……」

雖然完全是雞同鴨講，但她們看起來都很開心。而且由比濱好像真的打算挑戰鰻魚料理，感覺有點不妙。

不管怎麼說，只要有雪之下和川崎在，她應該也不會失控吧。看來我這個負責試吃的，暫時還不需要出場。

在工作開始之前，先去其他地方晃晃吧。

× × ×

川崎和京華在雪之下的指導下開始做起巧克力，於是我這個保母便完全失業了。我再次成為頂天立地的無業遊民。要是無業狀態一直持續下去，我搞不好會想去河邊撿石頭來賣。不對，那是「無能之人」（註24）。

註24 日本漫畫，敘述一名落魄漫畫家尋找人生方向的故事。發音與「無業游民（無職の人）」相似。

和我一樣負責試吃的葉山，依然被三浦和一色緊緊纏著不放。除此之外，努力想要試吃的戶部雖然在海老名身邊不停吵鬧，但還是被無情地打發掉。

陽乃和巡學姐一直在跟平塚老師聊天。新舊學生會成員們都忙著為各桌服務，只有副會長和書記小妹不時說說笑笑。真是的，好好工作啊，副會長。

海濱綜合高中那群人以玉繩為中心，圍著調理臺進行 discussion。可是，從完全沒有動手料理這點看來，他們大概還處於 brainstorming 的階段吧。

這麼看來，這裡真的剩下我無所事事。

當我在不會妨礙到大家的地方發呆時，視線一隅的烹飪室大門稍微開啟。開門的人似乎在窺探情況，只打開幾公分的門並沒有繼續移動。

怎麼回事……難道是其他同樣在使用公民會館的團體來抱怨太吵嗎……

除了我之外，沒有人注意到門口的動靜。不得已之下，只好由我去應門。

我快步走到門前時，忽然陷入猶豫。

萬一對方是妙齡少婦，豈不是超恐怖的……被那種人指著鼻子臭罵，我搞不好會心靈受創。話雖如此，但社畜被人責罵是理所當然的事，畢竟被罵也是工作的一部分，哈哈。雖然沒薪水可拿就是了。侍奉社一年三百六十五天都不發薪喔！嗚嗚嗚……

我做好覺悟，將手伸向門把，一鼓作氣把門拉開。

結果，出現在面前的，是我再熟悉不過的人物。

也許是因為剛結束社團活動，他穿著鬆垮的防雨外套和略大的運動服。被過長的袖子蓋住，只露出指尖的雙手不安地在胸前相扣。在本人氣質的影響下，他略微縮起身體時，材質強韌的外套似乎也變得柔軟。

他一和我對上視線，立刻露出開朗的表情。

「八幡！」

「戶、戶塚……你也來啦？」

「嗯，因為還有社團活動，才這麼晚到。」

出現在門口的是我的同班同學——戶塚彩加。雖然今天在學校遇到他時，隨口告訴了他今天有這個活動，但我沒想到他真的會來。

「太好了，我還以為搞錯地點了呢。」

他邊說邊看向海濱綜合高中那群人。原來如此，從微微打開的門縫中，大概只能看見他們。

沒錯沒錯，一旦視野變得狹窄，有些東西會變得怎麼也看不見。

例如，現在站在戶塚身後的傢伙。

「八幡！」

站在戶塚身後的人是我的……我的什麼來著……算了，姑且說是我體育課時的搭檔吧。他是我體育課時的搭檔——材木座義輝。雖然我在學校裡不常遇到他，也完全沒告訴他這個活動，但我就是覺得他會出現。沒有為什麼，誰叫他是材木座。

在這種小事上認真就輸了。

「那材木座，你來幹麼？準備要滾了嗎？」

材木座裝模作樣地乾咳兩聲。

「咳隆咳隆。我剛才和戶塚氏在一起時，接到平塚老師指派的任務，所以還沒有要回去。」

「任務？你還不回去嗎？」

「不，就說沒有要回去了齁。」

在胸前使勁揮揮手後，他用莫名其妙的口音如此回答。話說回來，平塚老師指派了什麼任務……正當我感到納悶，戶塚把背上的背包放到地上。

「那個……老師叫我們幫忙帶東西來……」

他開始翻找自己的背包。

「喔，你們來啦。有順利拿到東西嗎？」

平塚老師這時注意到我們，走了過來。戶塚正好找到要找的東西，而鬆了口氣，笑咪咪地把東西交給老師。

「嗯，在這裡。」

那些是在百貨公司地下賣場購買食材時，店家附贈的保冷袋。平塚老師接過發出銀色光芒的保冷袋，一邊道謝，一邊重新檢視裡面的東西。

「那是什麼？」

「嗯？啊，問得好。去那邊把東西拿出來吧。」

經我一問，她便拿著袋子走向原本所在的窗邊，拉了張附近的椅子一屁股坐下，然後開心地哼著歌，拿出保冷袋裡的東西。

「等一下要一起品嘗巧克力吧。我本來打算帶些東西給你們做為參考，但不小心買太多，還好出來時正好遇到他們，就拜託他們幫忙跑一趟了。」

「呃……原來如此。」

不管是蔬果店還是百貨公司還是郵購，在這個時期都能買到名店的巧克力。平塚老師大概就是利用這類服務訂好商品，然後拜託材木座和戶塚前去取貨吧。

但平塚老師不是只訂購一兩樣商品，她打開好幾個印著店名的保冷袋，把裡面的東西全都拿出來。

這些高級巧克力一一被擺到調理臺上。由於外表相當引人矚目，我能感受到從周圍不斷射過來的視線。

其中又以陽乃最感興趣。她帶著巡學姐快步走過來，興致盎然地逐一檢視這些巧克力。

「哇，小靜，妳還真是豁出去了耶。GODIVA當然不用說，而且還有 **Pierre Hermé**、**Jean-Paul Hevin**、帝國飯店跟新大谷飯店……啊，連青木定治都有。」

「呵，還好啦。」

見到有人那麼識貨，平塚老師開心之餘，也得意地挺起胸膛。

老實說，這些巧克力在我的眼中沒有什麼差別，但是對內行人來說，肯定不是這麼簡單。雖然「GODIVA」名氣響亮到連我都聽說過，除此之外的好像也都是名牌。陽乃剛才說的應該是法語……吧？

剛才她說了什麼來著？皮……皮埃爾・瀧？尚・皮埃爾……波魯納雷夫（註25）？我不是很懂，總之好像是很有名的巧克力。

打開漂亮的包裝後，便是如櫥窗內的珠寶般光彩亮麗的巧克力。巡學姐忍不住發出讚嘆。

「哇……好像很好吃……」

「啊，巡果然也看得出來嗎？這個真的很好吃喔！我也大力推薦。」

「慢著，為什麼得意的人是陽乃？這可是我選的喔。」

陽乃挺起碩大的胸部洋洋自得，平塚老師不太高興地如此吐槽。

不愧是小靜老師，把所有的技能全部點在興趣上……她開的車看起來也超高檔……把金錢和熱情完全投注在喜歡的事物上，這種男子氣概真是帥呆了。

男孩子就是會欣賞這種帥氣的單點豪華主義，我不禁投以尊敬的眼神，戶塚也一直盯著平塚老師看。

「老師，妳有在吃甜食嗎？」

被戶塚閃閃發亮的雙眼注視，平塚老師一時語塞。

註25　兩者分別為日本演員與漫畫《JOJO的奇妙冒險》登場角色。

「……是……是啊……這不適合我嗎？」

「啊，我不是這個意思……我覺得很適合！」

戶塚連忙安慰失落的平塚老師。陽乃看到這一幕，開心地輕笑起來。

「小靜應該是把巧克力拿來配酒吧。真好～我也想一邊吃這種美味的巧克力一邊喝酒。」

「我是會用巧克力配酒喝沒錯……但今天可不行喔。」

被平塚老師瞪了一眼，陽乃不滿地嘟起嘴巴。

她們的互動讓我略感意外。

實際上，雪之下陽乃這個人會不時做些十分刻意的舉動，也經常作弄別人，但她現在和平塚老師的互動，讓我覺得相當自然。當然，這也可能只是她的面具呈現出來的效果。

我完全不瞭解雪之下陽乃。雪之下的姐姐、葉山的童年玩伴、巡學姐的學姐、平塚老師以前的學生、表面工夫一流的完美惡魔超人……儘管知道這些表面上的情報，她的本質如同積滿汙泥的無底沼澤，使我無法一探究竟。

仔細想想，我好像還是第一次見到陽乃跟比她年長的人長時間交談。

當我訝異地茫然望著陽乃時，那無底沼澤的水面再次掀起波紋。

陽乃誇張地垂下肩膀，整個人趴在調理臺上，用撒嬌的眼神看向平塚老師。

「真遺憾，那下次陪我喝一杯吧～大家應該都有很多想說的話吧？」

這或許只是一句無心的客套話。

然而，平塚老師用真摯的眼神回望。

她停下開封巧克力的手，靜靜地十指交扣，注視著陽乃的雙眼，用溫柔的聲音緩緩地說：

「陽乃。如果妳……真的有很多話想說，我隨時都能奉陪。」

此話一出，陽乃的肩膀抖動一下。

她維持趴在調理臺上的姿勢，看著平塚老師的雙眼不帶任何色彩，像是玻璃工藝品般透明。但是，我依稀看見她的瞳孔閃過一瞬藍色火焰。

兩人的視線交錯不到一秒鐘，這段時間在體感上卻格外漫長，我甚至忘記要呼吸。

最後是陽乃揚起嘴角，用一聲輕笑打破沉默。

「真的嗎？那我得趕快配合妳的時間囉～啊，比企谷也來嗎？跟大姐姐們一起去喝酒吧。」

陽乃故意將身體倒向我這邊，由下往上看過來，半開玩笑地這麼說。我迅速拉開距離閃躲。

「我還沒有成年，不能喝酒喔。麻煩給我柳橙汁。（註26）」

材木座忍不住噴笑出聲，平塚老師剛才的認真表情也煙消雲散，肩膀微微顫抖。

註26　出自《幽遊白書》，戶愚呂弟的臺詞。

既然這兩個人聽得懂，便代表其他人肯定聽不懂。

戶塚一臉疑惑地歪著頭，巡學姐露出似懂非懂的微笑，陽乃則是皺起眉頭：

「不能喝酒就沒意思了嘛。算了，誰教你還沒有成年。那巡要去嗎？」

「陽乃學姐，我也還沒成年喔～茶的話倒是可以……」

「這樣啊。嗯──那我該找誰呢？乾脆問問看同學吧。」

平塚老師看著在手機上按來按去的陽乃，深深嘆了口氣。

「總之，到時候再聯絡我吧。」

平塚老師藉此結束話題後，把那些高檔巧克力的盒子推到我面前。

「比企谷、城迴，你們把這些巧克力分一分，讓大家都拿幾個去吃。」

「好的。嗯──一個人要分幾個呢？」

巡學姐回答後，開始把巧克力分到手邊的紙盤上。儘管平塚老師說隨便分分就行，巡學姐還是盯著巧克力煩惱好一段時間，才抬起頭來。

「那就這樣吧。來，比企谷同學，麻煩你了。」

她把幾個紙盤推到我面前。看來這就是巡學姐細心分配的結果，原來如此，各家巧克力確實都有均勻分配到每個紙盤上。巡學姐有些得意地挺起胸膛，讓我被巡巡能量☆射了滿臉……

「遵命。」

我點點頭，接過紙盤站起來，戶塚和材木座也從椅子上起身。

「啊，我來幫忙。」

「吾亦同。」

「嗯，那大家一起去吧！」

巡學姐也拿起紙盤分給他們後，大家便分別前往各個調理臺。話雖如此，調理臺並沒有太過分散，大致上可以分成三個區塊。

海濱綜合高中和學生會那邊由巡學姐負責，川崎姐妹、雪之下和由比濱那邊由戶塚負責，材木座則像個影子，緊緊跟在戶塚的身後。

好啦，只剩下三浦和一色正在死鬥的調理臺了。

根據我從遠處觀察，三浦用銳利的眼神瞪著一色，一色則以從容的微笑輕輕帶過。被夾在中間的葉山，自始至終維持爽朗的笑容。戶部放心不下葉山，不斷找機會跟他說話，而沒空向海老名發動攻勢。

嗯……狀況好像很糟糕。真不想去蹚那灘渾水。

我勉強走到調理臺附近，卻不知道該如何把巧克力交給他們。當我為此煩惱時，葉山先一步發現我。

「不好意思，失陪一下。」

葉山拋下這句話，便瀟灑地從三浦和一色之間脫身，走向我這邊。

「有什麼事嗎？」

「啊……沒什麼，只是平塚老師帶了禮物來。」

我把紙盤拿到葉山面前，他的臉色微微一沉。

「又是巧克力啊……」

「聽說很好吃喔。」

「……是嗎？」

他簡短應聲幾句，接過紙盤後，快步回到調理臺那邊。

我的任務到此順利完成。當我正準備回去時，背後傳來輕微的金屬碰撞聲。

我回過頭查看陌生的聲音來源，發現是葉山在用手指敲打罐裝咖啡。他晃了晃手中的兩罐咖啡，用帶著笑意的眼神，對我發出無聲的邀約。

就算是葉山，一直被夾在三浦和一色之間，多少也會覺得累吧。他說不定是想以我為藉口，稍微出來喘口氣。反正我也很閒，就陪陪他吧。

我輕輕點頭後，葉山在距離三浦等人不遠的調理臺旁，挑了張椅子坐下，然後示意我也入座。

我一坐下，葉山就把咖啡擺到面前。那不是ＭＡＸ咖啡，而是黑咖啡。他見我死盯著罐子，忍不住苦笑。

「你比較想喝甜的？」

「不。」

即使是嗜甜如命的我，現在也不想喝甜的。畢竟等一下還要吃巧克力。我拉開咖啡的拉環，直接大口猛灌。

葉山也喝了一口，然後輕輕嘆口氣。

我們沒有特別聊什麼，只用放下罐子的聲音，和不經意發出的吐氣聲斷斷續續地代替對話。

根據罐子的重量變化，我知道咖啡差不多要喝完了。就在這時，葉山忽然開口。

「話說回來，真虧你們想得到。」

「什麼？」

我聽不懂這句話的意思，一本正經地反問回去。葉山露出大家所熟知的那溫柔微笑。

「這樣一來……大家都能表現得很自然。」

葉山緩緩環視整間烹飪室。我追著他的視線，看到各式各樣的景象。

三浦一臉認真地緊盯著磅秤，一色一邊吹口哨，一邊操作烤箱，由比濱弄得滿臉都是麵粉，雪之下看著由比濱，似乎快舉雙手投降。

最後，葉山把視線移回我身上時，出現在臉上的是我所熟知的寂寞苦笑。

葉山口中的「大家」——

那到底是指什麼人？讓這個「大家」的概念成形的，又是什麼人？儘管隱約察覺到答案，我依然從葉山身上移開視線，把苦澀的咖啡飲盡。

我遲遲回答不了葉山的自言自語，後來是他先噗哧一笑。

「多虧如此，戶部也成功吃到巧克力，開心得不得了呢。」

葉山半開玩笑地這麼說。我轉頭一看，戶部似乎如願為海老名試吃巧克力的半成品，興奮得喊著好甜好好吃快要升天什麼的。喔喔，那傢伙還真是努力啊……只不過，若想成功得到海老名的芳心，路途恐怕還很漫長。那種人得經歷無數個階段，才願意敞開心扉。我就認識具有類似精神構造的傢伙，想到這裡，我便忍不住苦笑起來。

但是……算了，現在姑且讚許一下戶部的努力吧。只不過，是用我的風格。

「巧克力和戶部都不重要……尤其是戶部。」

「哈哈，你好過分。」

葉山笑著把黑咖啡一飲而盡，輕輕搖晃罐子做最後確認，接著起身去把罐子丟掉。三浦注意到他的舉動，用撒嬌般的嗲聲呼喚葉山。

「隼人～～」

「我這就過去。」

葉山回應後，轉過身來向我簡短道別，便筆直走向三浦等人所在的調理臺。

我目送著他離去的背影，把早已喝光的咖啡罐湊到嘴邊。

× × ×

甜點教室漸漸進入佳境。

動作快的人已經把半成品放進烤箱，或放進冰箱冷卻，進入最後階段。

陽乃雖然一直在聊天，卻也在不知不覺間完成大部分的步驟。不但如此，她負責指導的巡學姐和舊學生會成員也差不多做好甜點，只剩下定型和裝飾等步驟。她的多工處理能力到底有多強大……這個人還是老樣子，輕輕鬆鬆地做出常人無法理解的事……就各種意義而言……

不過，她似乎開始厭倦教學的工作，轉而去捉弄雪之下打發時間。

「雪乃，妳做了什麼？讓姐姐嘗嘗看——」

雪之下無視她的糾纏，繼續看著由比濱和三浦做甜點。

在雪之下的注視下，三浦專注地把巧克力倒進模具，由比濱則忙著讓巧克力脫模。

陽乃見自己被徹底無視，顯得不太開心，改用耍脾氣的語氣繼續煩雪之下。

「喂，雪乃～妳有聽到嗎？」

「……陽乃姐。雪之下同學現在很忙……」

葉山帶著苦笑，走到陽乃的旁邊安撫她。說不定他也擔心旁人太吵，讓三浦分心吧。

正在集中精神做巧克力的，不是只有三浦和由比濱。一色同樣擠著鮮奶油，想方設法讓自己的成品更可愛；至於川崎姐妹，雖然京華的臉上沾滿巧克力，她做出的松露巧克力還是有模有樣，而川崎沙希則忙著拍照紀念。妳到底要拍多少照片才滿意……

大家都在專心做甜點，我這個負責試吃的也快要開始工作，所以我只是站在一旁發呆，盡可能不打擾到大家。這時，折本有意無意地晃過來，見我閒閒沒事做，便開口詢問：

「比企谷。還有多餘的巧克力模具嗎？」

「喔，嗯……妳等一下。」

看來海濱綜合高中那邊也頗有進展。雖然他們為了要做什麼而討論老半天，進度卻出乎意料地快。

我請折本稍等後，走向雪之下。

「不好意思，還有多的模具嗎？」

「那邊還有幾個，有需要就拿去用沒關係。」

「喔，謝啦。」

回答的人不是我。

而是不聲不響地跟過來的折本佳織。

雪之下見折本冷不防出現，露出訝異的眼神，瞬間閉口不語。由比濱注意到指示突然中斷，也疑惑地抬起頭。

在一群總武高中的人之中，海濱綜合高中的制服頗為顯眼。折本在好幾雙眼睛的注視下不以為意，自顧自地一個個挑選模具。

然後，她不經意地喃喃問道：

「……這麼說來，我有給過你巧克力嗎？」

她的口氣聽起來，是真的沒有任何印象，所以我也只能苦笑以對。她不記得了啊……我想也是。

從中學時代起，只要有人來討人情巧克力，折本一向不分男女、來者不拒。但我根本不屬於那一大群人，所以不在此限。

當時的我，抱著什麼樣的心情看待這件事？由於不小心回憶起往事，我一時忘記回答她的問題。

在這段沉默中，周圍響起了幾陣咳嗽，以及餐具碰撞的聲音。我回過神看向周圍，雪之下用手托著下巴看著這裡，由比濱別開視線，雙手微微顫抖，一色興致盎然地不斷點頭。另一方面，川崎露出呆掉的表情望著我，玉繩也咳個不停，還不斷吐氣吹起自己的瀏海。玉繩先生，你有點吵喔……

「我想……沒有吧。」

過往的回憶並沒有讓我感到心痛，我覺得自己的回答還算自然。折本也同樣自然地笑著說：

「這樣啊，那我今年給你吧。」

「咦？不……啊，嗯……」

意想不到的話語，讓我原本自然的態度輕易瓦解，發出狼狽的聲音。不，就某種意義上來說，這才是我原本的自然態度……怎麼回事？我是這麼噁心的人嗎？

「等我做好就過來吃喔。」

折本留下這句話，便拿著模具回去。

被她這麼一說，我也不能隨便拒絕。但那搞不好只是客套話……我苦惱地看著折本離去的背影。

折本佳織個性爽快，這肯定也是她特有的容易讓人誤會的言行，其中沒有什麼深意才是。我沒有多加想像和胡亂曲解，自然地接受這個事實，吐出混著笑意的嘆息。

我帶著些許滿足感，將視線移回調理臺時，正好和窗邊的陽乃四目相對。

陽乃一臉笑咪咪的，似乎從剛才開始便注視著我們的對話，那表情像是看到什麼愉快的事物。

下一刻，陽乃的柔和微笑忽然轉為嗜虐。她微微揚起嘴角，瞇細的雙眼閃著不懷好意的光芒。然後，她看向旁邊的葉山。

「這麼說來，隼人以前收過雪乃的巧克力對吧？」

她像是在對葉山一個人說話，但在場眾人全都聽得到她的聲音。

這句話讓一直選擇無視的雪之下也有所反應。雪之下一臉訝異地看向陽乃，默默地瞪著她。

同樣發不出聲音的還有三浦，她甚至整個人僵住。一色也發出小小的哀號。

再怎麼樣也沒必要在三浦和一色面前提這種事吧？我忍不住苦笑，搔搔腦袋。不可思議的是，我在不知不覺間握緊拳頭，沒辦法抓開頭髮。

雪之下沒有否定陽乃的話，而是帶著為難的表情偷瞄我。她因為陳年往事突然被挖出來而不知所措，狼狽地輕咬下脣，眼神游移不定。我的表情大概也跟她一樣吧。總覺得喉嚨深處好像被痰卡住，胃裡也跟消化不良時一樣，彷彿有某種東西在蠕動，感覺相當不快。

雪之下低下頭，我也別開視線。在我視線的前方，由比濱一臉不安，擔心地看著我們。

這只是短暫的沉默，我卻覺得長得要命，我了解得打破這陣沉默，深深嘆了口氣，卻找不到合適的話語。

「啊，確實有這麼一回事。上小學前，我們一起收到的吧。」

最後，是葉山以這個場合下最標準的回答打破僵局。

葉山以無懈可擊的爽朗笑容，漂亮地化解難關。結果，反而是陽乃顯得有些掃興。

聽到這個回答，三浦輕撫胸口，一色也鬆了口氣。

但雪之下陽乃的表情正好相反，變得無比冰冷。她一臉無趣地瞥了葉山一眼，便像是對他失去興趣般離開窗邊。葉山目送她離去時，隱約流露落寞的眼神。

陽乃迅速來到雪之下身旁。

「雪乃，妳打算送誰巧克力？」

她換上調侃的口氣和開朗的笑容。如果不是知道這對姐妹狀況的人，可能會以為她們只是在笑鬧。實際上，雪之下別過頭的動作，看起來也像是妹妹對捉弄自己的姐姐鬧彆扭。

「……跟姐姐無關。」

「咦──不給姐姐巧克力嗎？」

陽乃輕笑兩聲，半開玩笑地這麼說後，雪之下不悅地瞪她一眼。

「我不可能給妳吧。我沒有理由給妳，妳自己也從來不給我巧克力。」

「嗯……有道理。」

陽乃點點頭表示贊同，然後像是苦笑般地嘆了口氣。

「既然雪乃說不給，那就絕對不會給囉。因為妳從小就不會說謊嘛。」

這跟我以前對雪之下雪乃抱持的印象非常相似，但雪之下陽乃比當時的我更了解她。

「不過，妳也有不說真話的時候。」

陽乃換上明顯不同於剛才的冷酷視線盯著雪之下，輕笑兩聲。

「妳沒有說任何人都不給，就表示妳還是有打算給的人吧。」

雪之下不發一語，用冰冷的視線看了回去。儘管正面承受那樣的視線，陽乃依舊掛著笑容。

「不過，妳會給巧克力的對象其實也不多就是了。」

「無聊。隨妳怎麼說吧。」

雪之下藉此結束對話，繼續手邊的工作。

她將手伸向面前的空碗盤，開始收拾調理工具，並且不斷發出響亮的聲音。

雪之下姐妹的嬉鬧落幕後，烹飪室內再度喧鬧起來。吵雜的氣氛甚至反倒讓我感到安適。

我才剛鬆了口氣，又馬上聽到響亮的碰撞聲。我看向聲音的方向，一個鋼碗掉到地上，滾來我的腳邊。一道細微的聲音夾雜在迴盪的金屬碰撞聲之中。

「對……對不起……」

雪之下連耳根子都紅透，低著頭跑過來撿碗。

她會出這種差錯，真是罕見——我一邊這麼想，一邊彎下身體，準備撿起滾到腳邊的碗。

結果，我和同時蹲下來的雪之下四目相對。雙方都在猶豫是否該伸出手，以尷尬的姿勢僵住不動。

兩人的臉快要貼在一起，我趕緊縮回差點碰到她的指尖。

為什麼要動搖啊？看到妳那樣，我也會動搖吧？

「沒關係……」

我別開臉道歉，把空間讓給雪之下。

雪之下慌張地將手伸向碗。

然而，碗緣與地面接觸的情況下不好使力，鋼碗再次發出金屬聲滾走。滾動聲音不斷在我的耳朵中迴盪。就算碗已經停下，腦內的聲音仍然久久不退。

直到某個人撿起那個碗，聲音才總算消失。

抬頭一看，由比濱得意地挺起胸膛，用指尖轉著鋼碗把玩。

「嘿嘿，小雪乃還太嫩了呢。我可是收拾調理工具的高手喔。」

看見她的笑容，我不禁鬆了口氣。一直悶在胸口的某種東西迅速散去，讓我有心情吐槽，身體也終於能站起來了。

「……但妳其他事情還是完全不行吧。」

「就是說啊……謝謝妳。」

雪之下也笑著道謝，伸出手要接下那只鋼碗。由比濱輕輕點頭，把碗遞給雪之下。隨後，她有些寂寞地看向空出的手掌，輕輕握住拳頭。

她的神情讓我不小心看得入神。之前好像也在哪裡看過同樣的表情。

那到底是什麼時候的事？我一邊回想，一邊在牆邊的椅子緩緩坐下。

當我深深嘆口氣時，好像聽到某人輕聲竊笑。

× × ×

烹飪室中開始瀰漫著香味。

好幾個人擠在烤箱前面，急切地等待烤好的甜點。其中又以三浦特別認真，緊緊盯著烤箱的玻璃窗。

等那些甜點烤好，便進入試吃時間，我也終於能卸下無業遊民的身分，開始工作。

為了迎接那一刻的到來，我悄悄離開人群，獨自到旁邊養精蓄銳。這時，某人從背後輕拍我的肩膀。

回頭一看，平塚老師就站在我身後。她拿著我們剛才分到紙盤上的巧克力，看來先前的份還有剩。

「這活動辦得不錯。」

平塚老師拉過我旁邊的椅子，把紙盤遞過來。我拿起其中一塊巧克力，回答：

「是……雖然滿莫名其妙的……」

我甚至不確定，這是否算得上活動。總覺得我們只是把各式各樣的人聚在一起隨便亂搞。

平塚老師似乎也明白這一點，開心地笑了兩聲，然後用溫暖的視線，看向烹飪室中的學生。

「這樣就好。反正你本來就是個莫名其妙的傢伙，你身邊的人也差不多，所以會變成這樣也是很正常的。」

「莫名其妙……不覺得這個說法有點過分嗎？」

「至少，你變得比以前好懂些了。」

平塚老師露出調侃的笑容，跟著拿起一塊巧克力。

「人的印象每天都在改變。只要共度同樣的時光，一起持續成長，就自然會明白。」

「我不覺得自己有成長。我現在做的事沒有什麼不同。」

「儘管如此，還是多少有些改變。」

平塚老師把巧克力吞進肚裡，用拇指擦擦嘴唇。這種舉動像是個少年，一點都不性感，我忍不住輕聲一笑。

確實，平塚老師給我的印象說不定也有所改變。所以，旁人對我的印象應該也有一些變化。

只不過，這種變化也帶來難以言喻的恐懼。

「改變……經老師這麼一說，好像有種奇怪的感覺。」

「奇怪的感覺？」

平塚老師微微歪頭，窺探我的臉。我難為情地別過頭，慌張地繼續說下去。

「嗯——就是覺得不太對勁……」

實際說出口後，我才發現這個答案意外地貼切。

這正是一直糾纏著我的感覺。

總是在不經意間浮現，明顯不同於過去的某種感覺。每當與某人交流時，這種感覺便倏地湧上心頭，對我提出疑問——這樣真的對嗎？

「覺得不太對勁嗎……希望你別忘記這種感覺。」

平塚老師看向遠方，語帶懷念地說道。她像是在對我說話，又像是在對另一個不知名的某人說話。

不過，那句話果然還是對我說的，她的視線重新移回我身上。

「我認為這是一種成長的徵兆。成為大人後，將不再會在意這種感覺。所以我希望你能正視它。這很重要。」

「可是也有人說，真正重要的東西用眼睛是看不到的。」

我開個玩笑扯開話題，平塚老師露出得意的笑容。

「不要用眼睛，用心去看。」

「『別思考，去感受』的意思嗎？又不是原力……」

不要擺出那種「請給分」的表情好不好……妳只是想說說少年漫畫般的臺詞吧……在我的冷眼注視下，平塚老師似乎也有些不好意思，故意乾咳兩聲。

「反過來才對。別感受，去思考。」

她訂正自己的話，臉上沒有剛才那種不正經的表情，只有真摯的溫柔眼神，語

氣和緩平靜。

「時時刻刻去思考那種感覺。」

「時時刻刻嗎……」

我複誦那句話，仔細吟味其中的意思。平塚老師向我點了點頭。

「對，沒錯。這樣的話，說不定真有找到答案的一天。不斷前進的人，不會回頭看自己走了多遠。對停下腳步的人來說，先前走得越遠，遭到背叛的感覺也會越強烈……」

平塚老師話音稍歇，依序看向烹飪室裡的人。

「能在這麼近的地方看著這幅光景，真是太好了。」

說完，平塚老師站了起來。

她輕拍一下我的背，小聲說：

「……我也不可能一直像這樣看著你們。」

我轉頭一看，但平塚老師已經在用力伸懶腰放鬆肩膀，所以無從得知她的表情。

她扭動幾下脖子，重新看向我時，已經恢復為以往的平塚老師了。

「好啦，我差不多該回去工作了。」

「不吃完再走嗎？」

「不了，我還有工作沒做完……距離三月已經沒剩多少時間，我想趁現在早點解決掉。」

平塚老師搔搔臉頰，難為情地笑著說道，然後輕輕揮一揮手道別，便踩著清脆的高跟鞋聲頭也不回地離開烹飪室。

我注視著她的背影，把巧克力丟進嘴裡。

隨手抓起的巧克力和老師的話語一起融化，留下略為苦澀的滋味。

6 真物仍舊處於他無法企及之處，持續充滿錯誤

烤箱和計時器一個接著一個作響。每當某處的聲音響起，烹飪室內便出現一陣歡呼和感嘆，甘甜的香氣也伴隨而來。

我看向聚集在烤箱前的那群人，三浦的心血結晶似乎也順利完成。

三浦小心翼翼地打開烤箱，拿出巧克力蛋糕，端到雪之下的面前。

雪之下正在確認成果。她花時間仔細評鑑時，三浦一副坐立不安的模樣，在旁陪同的由比濱也擔心地屏住呼吸。

最後，雪之下輕輕吐了口氣，抬起頭說：

「……很好，最後的成品很漂亮。」

聽到雪之下這麼說，三浦終於鬆了口氣，肩膀也不再緊繃。

「優美子好棒！」

由比濱使勁抱住三浦，三浦也面露微笑。

「嗯，謝謝妳，結衣……雪……雪之下也是……」

她把頭撇到一邊，只轉動眼睛瞄向雪之下。雖然這種道謝方式相當奇怪，雪之下的回答也沒好到哪去。

「在實際試吃前都說不準。不過，姑且可以算合格了吧？」

這傢伙就不能老實說聲「不客氣」嗎……不過，雪之下那番話也有道理。因為這個活動的目的，並不是學習做甜點而已。

「優美子。」

由比濱像是要幫忙打氣，把手搭上三浦的肩膀。在她的催促下，三浦連隔熱手套都忘記拿下，便謹慎地端起巧克力蛋糕，走到葉山面前，嬌羞地不停扭捏身體。

「隼……隼人……可以幫我……嘗味道嗎？」

三浦不敢直視葉山，只敢偷偷看他。葉山露出溫和的微笑，回答：

「妳不嫌棄的話，當然可以。」

「嗯……嗯。」

三浦在腦中翻找一陣，但最後還是不知道該說什麼，只紅著臉點了點頭。

妳已經很努力了——當我暗自稱讚她時，旁邊突然傳來呻吟聲。

「嗚嗚嗚……」

「妳在嗚什麼啊？」

我斜眼看向一色，她緊緊抓著自己的成果──包裝得漂漂亮亮，還精心附上小卡片的烤點心拼盤──用充滿怨念的眼神望著三浦。

「三浦學姐真有一手……」

「是啊，那個巧克力蛋糕意外地不錯。」

聽到我這麼說，一色投來可疑的眼神。拜託妳不要擺出「啊？這傢伙在說什麼傻話」的表情……我才剛這麼想，一色就清清喉嚨，比手畫腳地解釋剛才那句話的意思。

「不，我不是那個意思。我說的是反差啦。她平常明明那麼凶，看起來個性又差，卻在這種時候裝起可愛，根本超卑鄙的嘛！」

「原來如此……」

真不愧是耍小聰明的高手。只不過，三浦應該壓根兒沒有這樣的心機吧。她只是個擁有少女情懷的老媽子罷了。一色似乎也明白這一點，碎碎念著「再說，她的個性明明就不差」。是啊，個性差勁的人是妳才對……

一色抱怨了半天，將不滿發洩乾淨後，忽地換上微笑。

「算了，競爭對手就是要有這種程度的實力才有趣。有些人根本不夠格做我的對手。」

她嘆口氣後，一副突然想起什麼的樣子，從圍裙口袋掏出某樣東西，丟了過來。

「學長，這個就請你吃吧。」

我接下那東西一看，是裝在小型塑膠袋裡的餅乾。除了一條繫住袋子的小小緞帶，便沒有其他像樣的包裝，跟她手上的豪華絢爛烤點心拼盤，有著天與地的差別。

「什麼？這是給我的？我可以說謝謝嗎？」

因為她給的太過隨便，我不曉得該不該老實道謝。這麼說來，她好像說過，有沒有拿到人情巧克力跟男生的尊嚴息息相關。天啊，一色真是個好人！我剛才還覺得妳的個性很差，真是抱歉啊～

我道謝後，一色淺淺一笑，輕輕地豎起食指，放到嘴脣前。

「……別告訴其他人喔。」

她露出小惡魔般的微笑，俏皮地閉上一隻眼睛，說：「不然就麻煩了」，然後快步離開。她似乎打算直接去找葉山。

至於我，則是被一色的舉動和表情嚇傻，站在原地動彈不得。她這次不耍小聰明，而是採用直球攻勢，這樣反而可怕………要是換作以前的我，肯定早就被攻陷。

在被小惡魔學妹的破壞力嚇到發抖之餘，我也將視線移向葉山那邊，準備欣賞她的奮鬥。

一色使出百分之百的撒嬌功力，楚楚可憐地抬起眼，把烤點心拼盤交給葉山。

「葉山學長，也嘗嘗看我的成品嘛～～」

「哈哈，不知道我吃不吃得下。」

葉山一邊吃著三浦的蛋糕，一邊以爽朗依舊的笑容，和成熟的談吐招呼一色。他再次被兩個女人夾在中間。

大口啃著格紋餅乾的戶部，對葉山豎起拇指。

「隼人，要是你吃不完，我隨時都能過去幫忙。」

「可是，我沒有準備戶部學長的份……」

戶部熱情的話語被一色冰冷的聲音凍結。戶部受到殘忍的對待，忍不住向葉山訴苦。

「伊呂波好過分！隼人也幫我說說話嘛——」

「你的好意我很高興，不過你還是專心吃你那邊的吧。」

葉山在戶部耳邊悄悄說道。戶部聽了，再次豎起拇指，咧嘴一笑。

喔——原來如此。看樣子，那些格紋餅乾八成是海老名做的。我略感意外，轉頭看向她本人。

「嗯……隼戶配啊……萌不太起來耶……」

海老名一臉不滿地啃著格紋餅乾，頻頻歪頭。看來那邊也是前途多難啊……

好啦，差不多該看看其他人的情況了。我看向與三浦等人反方向的海濱綜合高中那邊，他們也已經大致完工，正跟巡學姐和總武高中新舊學生會成員大聲聊天。

其中一人——折本佳織注意到我，揮了揮手。這傢伙還是跟國中時一樣，在這種時候都會揮手……沒差，反正事到如今，我也不會因此誤會了。

折本在調理臺上摸了兩下，快步跑向這裡。

「比企谷，這個給你。」

她把裝在紙盤上的巧克力布朗尼拿到我面前。這好像就是她剛才說要給我的巧克力。可是折本，上面完全沒有包裝耶……也罷，光是能拿到巧克力，就該謝天謝地了。

「那我就不客氣了……」

我小聲這麼說後，把布朗尼放入口中。這時，折本的身後冒出一個人影。

「嗯，這種交流也不錯呢。跨越學校框架的 seamless 關係，在未來想必會越來越重要吧。」

光是從說話方式，我便能馬上猜到對方的身分——海濱綜合高中的學生會長，玉繩。

折本發現玉繩後，也把紙盤拿到他面前。

「啊，會長也來啦。來，你也請用吧。」

「謝、謝謝……我也有東西要給妳……」

在道謝的同時，玉繩也拿出某樣東西。那是切得相當工整的戚風蛋糕，看來像是他們自己做的。

折本望著那塊戚風蛋糕，頭上冒出問號。

「咦？為什麼要給我這個？」

被她這麼一問，玉繩乾咳兩聲，雙手再次像是轉轆轤般轉個不停，比手畫腳地開始長篇大論。

「在國外，Valentine's Day 這個節日通常是由男性送禮，我認為本次活動也該抱持這種 globalize 意識。這就是日本所謂的 influenza 吧。」

「是喔……」

然而，折本的反應有點冷淡，不像往常那樣附和一句「沒錯」。玉繩注意到這一點，繼續向她解釋，同時加快轉轆轤的速度。

「該說是意識上的差別嗎？日本和國外有著不小的 culture gap。比如說，skirt 在法國是在重要的人面前穿的衣物，妳懂我的意思吧。」

是喔……也就是說，戶塚還沒有換穿裙子，就是這個原因嗎？看來我得再加把勁才行！那我懂你意思了！

我暗自下定決心，折本也抓起那塊戚風蛋糕。

「很好吃嘛。謝啦。」

「啊……嗯，不客氣……那邊正在 coffee break，我們差不多該回去了。」

「什麼 coffee break 啊，超好笑的。」

折本咯咯笑了兩聲，輕輕揮手向我道別後，便走回海濱綜合高中那裡。然後，被留下來的玉繩瞪了我一眼。

「那麼……下次就來場 fare 的對決吧。」

玉繩撂下這句沒頭沒腦的話，英姿颯爽地離開了。

「誰理你……」

不知道他有沒有聽到我的低語？我想應該是沒聽到吧。不用一些英文，他好像就聽不進去。

話說回來，看玉繩那種態度，難不成是他努力發動的攻勢嗎？只可惜對折本好像一點用都沒有……算了，反正玉繩的事與我無關！

先把玉繩的事擺到一邊，我也得好好加油才行。我要讓戶塚穿上裙子！

嗯……戶塚戶塚裙子戶塚——我提起十足的幹勁，輕易找到他的倩影。真不愧是戶塚，不管他在世界上的哪個角落，我都有自信能立刻找到他！

我快步走過去一看，戶塚正和材木座一起陪京華玩。川崎則是在旁邊的調理臺，動作俐落地收拾善後。他們兩人應該是在這段期間幫忙看小孩吧。

他們好像還不太會應付小孩子，而陷入苦戰，材木座已經完全進入地藏模式，剩下戶塚孤軍奮戰，努力試著向京華搭話。

「初次見面，京華妹妹。我叫戶塚彩加。請多指教。」

「喔～彩加……彩加……彩彩？沙沙……？」

由於名字聽起來跟姐姐很像，京華似乎搞不懂該如何稱呼戶塚。嗯嗯，我能理解那種混亂的心情。我也因為戶塚太過可愛而陷入混亂惹（混亂）。

沒關係，我對照顧小女孩這方面頗有把握。就讓我代替戶塚陪她玩吧。

我偷偷走到京華背後，把手放在她頭上。

「啊，八幡。」

「是八八耶～」

戶塚鬆了口氣，看向我的臉，京華也用天真無邪的表情看過來。我輕撫京華的頭，把她轉向戶塚。

「他是彩彩。叫他彩彩就行了。」

「嗯。彩彩！」

京華的混亂狀態終於解除，能夠正常地叫戶塚的名字。戶塚聽到她叫出自己的名字，也開心地笑了出來。

好啦，搞定。至於戶塚身後的那尊地藏，又該怎麼辦才好呢……

「這個是材木座義輝。妳可以叫他材材。」

我用下巴指著材木座這麼說。京華點了點頭，伸手指向材木座。

「材木座。」

「直……直呼姓名！就只有我直呼姓名！這在我們的業界中算是獎勵嗎？」

即便是材木座，也想不到自己會被小女孩直呼姓名。他臉上滿是錯愕，驚訝之情溢於言表……不對，難道他在暗爽？算了，怎樣都好，反正就是個材木座罷了。

但是，心地善良的戶塚還是不忘安慰他。

「別、別在意啦。小孩子聽到奇怪的話，本來就會馬上記住啊。」

「嗯……但我的名字可不是什麼奇怪的話……」

材木座仍舊歪著頭，一副尚未完全接受的樣子。

如此這般，好一段時間過去，川崎迅速用圍裙擦了擦手，快步跑向這裡。京華也叫了聲「沙沙」撲向川崎。

「抱歉，讓你們照顧她。」

「一點都不麻煩，因為八幡也來幫忙了。川崎同學收拾好了嗎？」

「託你們的福。」

川崎向戶塚道謝後，將視線移向我，有些難以啟齒地小聲說道：

「那個……我們差不多該回去了……我還得準備晚餐。」

「喔，這樣啊。」

我看向時鐘，時間的確差不多了。難怪她要匆匆忙忙地收拾東西。其實，她大可直接把東西留給我們整理，想不到川崎這麼有教養。她以後肯定會是一個好媳婦。

「好了，京京。回家吧。」

「嗯……沙沙。」

川崎溫柔地撫摸京華的肩膀，京華也拉拉川崎的裙子，用撒嬌般的聲音回答。身為姐姐的川崎似乎明白她想說什麼。

「……也對。等我一下。」

川崎從包包裡拿出裝著巧克力的袋子，交給京華。京華滿足地看著手中的巧克力，然後遞到我的面前。

「來，八八！」

「她好像想給你巧克力……收下吧。」

「喔喔，謝啦。做得不錯嘛。很棒喔，京京。」

我摸一把京華的頭，京華也用力抱住我的腰。哈哈哈，這個可愛的小傢伙。我繼續撫摸她的頭。

「……我……我做的巧克力可能也混在裡面。」

川崎穿上外套，別過頭小聲嘀咕。聽到這句話，我看向手中的松露巧克力。

「是嗎……看不出來。妳妹妹真厲害。」

「我很厲害吧！不過，沙沙也很努力喔！」

京華得意地挺起胸膛稱讚姐姐，像是個小老師。川崎聽得又好氣又好笑。

「既然東西已經給了，京京，我們走吧。」

儘管姐姐這麼說，京華還是抱著我不放。川崎瞪了不乖的京華一眼，她的身體立刻抖了一下。呃……不需要露出那麼可怕的表情吧……

「走囉，京京。」

我讓京華繼續黏著，踏出腳步。

「嗯，走吧！」

京華也跟著我開始前進。川崎嘆了口氣，跟在我們身後。

「京京拜拜，再見囉——」

「唔嗯，後會有期！」

在戶塚和材木座的目送下，京華揮手道別。我們離開烹飪室，沿著樓梯往下走。在此期間，川崎幫京華穿好外套，圍上圍巾，專心照顧妹妹。

我們就這麼來到公民會館門口。外面已經一片漆黑。

「要送妳們到車站嗎？」

「不用，我們已經很習慣了。你也還有事情要做吧？」

川崎重新背好包包和購物袋，吆喝一聲蹲下身體，抱起京華。這一瞬間，川崎的裙底風光若隱若現，我拚盡全力別開視線。雖然好像有瞄到黑色蕾絲，但我絕對沒有偷看。

「那……再見了。」

「八八拜拜——」

川崎輕輕低頭道別，她懷裡的京華也跟著照做。

「……路上小心。」

她們踏上歸途後，我目送兩人逐漸遠去的背影。

無風無雲的冬天夜空雖然晴朗，氣溫下降的幅度也相對劇烈。那對姐妹緊緊地互相依偎，看起來倒是沒那麼冷。

反而是我後悔起自己沒穿外套就跑出來。

雖然可以馬上回去取暖，雙腿卻不可思議地沒有移動。

我搖搖晃晃地在通往入口的階梯坐下，深深嘆了口氣。

儘管整場活動下來沒有做什麼事，身體還是有些疲憊。

不過，跟疲憊比起來，我得到更大的充實感。

我接下三浦、海老名和川崎姐妹的委託，和一色等人舉辦活動，折本、玉繩等海濱綜合高中的學生、巡學姐和陽乃紛紛響應，葉山和戶部以試吃員的身分參加，戶塚和材木座也到場，平塚老師還特地帶巧克力過來。

已經充實到不能再充實了。

真是愉快。

我如此喃喃自語。

某種搔癢感竄上脖子，使揚起的嘴角就此僵硬。也許是因為寒冷，臉頰才這麼不聽話吧。

我輕輕按摩，讓臉頰恢復溫暖，才重新站起身。

×　×　×

回到烹飪室後，大家都已經做好甜點，各自吃吃喝喝，開心地聊天。

情人節前夕的甜點教室活動進入尾聲。再來就是悠閒地打發時間，等待散會。

我走向擺著自己東西的位子，雪之下也在那裡。她正以優雅的舉止準備紅茶。調理臺的瓦斯爐上有一只正在加熱的茶壺，開水正好在這時煮開。雪之下從茶壺倒出熱水，沖泡紅茶。

今天使用的不是社辦裡的茶杯，而是紙杯。她畢竟不可能特地把專屬茶杯帶過來。

雪之下倒好三杯紅茶後，重新就座。然後，她注意到我走過去，開口說道：

「辛苦了。」

「我可沒做什麼累人的事……」

我同樣在椅子坐下後，雪之下便把紙杯遞過來，眼中充滿捉弄我的神情。

「是嗎？可是我看你一直靜不下來（註27）。」

「巧克瑪卡……」

因為今天做了巧克力，妳才故意說這個冷笑話嗎？巧克力加祕魯人參，感覺很有恢復體力的效果。無論如何，我確實是到處飄來飄去，所以無法完全否定這句話。

「總算能好好休息了。」

雪之下一邊說著，一邊把茶杯端到嘴邊。我也吹涼紅茶，開始享用。

不同於平常使用的茶杯，紙杯總是讓人不太放心，再加上熱能直接傳至掌心，喝茶的速度自然慢了下來。儘管如此，這還是足以溫暖我剛才在外面受寒的身體。

註27 原文為「ちょこまか」，音同「巧克（チョコ）」＋「瑪卡（マカ）」。

喝下一兩口紅茶後，我呼一口氣。

這時，雪之下也吁了口氣，她大概也累了。

「妳也辛苦了。」

「嗯，是啊……真的很辛苦。」

雪之下這麼說著，並且將視線移往烤箱所在的方向。

由比濱正站在那裡。

她牢牢地戴著隔熱手套，端著烤箱的烤盤跑過來。對喔，差點忘了。不光是三浦和川崎，雪之下還負責指導由比濱做甜點。難怪她會喊累。

「自閉男！來吃吃看吧！」

由比濱把盤子上的手工巧克力餅乾現給我看。她大概一直在烤箱前耐心等著，這些餅乾散發剛出爐的香味。

雖然表面上看來只是普通的餅乾，形狀也不太一致，但沒有明顯的烤焦痕跡，也沒有混進什麼異物。目前為止還沒問題。

好啦，剩下的就是味道了。

我偷偷看向眼前的由比濱。她閃閃發亮的雙眼中充滿期待，肩膀因為不安而微微顫抖，嘴邊掛著有點沒信心的笑容。

看到這樣的表情，我實在沒辦法說不吃……

我的喉嚨發出聲響。只不過，我嚥下的不是口水，而是覺悟！

「……好，我吃。」

我深呼吸兩口後，勇敢地捲起袖子，即將伸出手時，一旁的雪之下滿不在乎地說：

「看來你已經做好壯烈成仁的覺悟。不過放心吧，我姑且也有幫忙。」

「……什麼嘛，那我就放心了。」

「你們很過分耶！」

我放鬆緊繃的肩膀，帶著輕鬆的心情把餅乾放進嘴裡，咬碎後吞進肚子。經過一段時間，身體並沒有出現任何異狀。

「……好強，真的能吃耶。」

「真的能吃是什麼意思……當然能吃吧，那是食物耶。」

我稍不注意，毫無掩飾的感想便脫口而出。由比濱聽了，氣得鼓起臉頰。不過，對於知道妳料理技術的人來說，這已經是相當大的稱讚囉？

老實說，我真的嚇到了，想不到由比濱會那麼努力。雖然這也要感謝雪之下的指導……我看向雪之下，她撥開垂在肩膀上的頭髮，得意地挺起胸。

「那當然，因為我有好好監視每個重要的環節。」

「原來那是監視嗎！我還以為那只是正常的教學……」

由比濱顯得有些喪氣。但雪之下口中的監視，和教育幾乎是一樣的意思，所以根本不需要在意。事實上，雪之下也不是很在意這兩個辭彙的差別，現在正忙著把烤盤上的餅乾移到紙盤，仔細檢驗。

然後，她輕撫下巴，輕輕點頭。

「看起來是沒有問題。試吃也平安結束了，那我也吃一片吧。」

「那叫做試毒吧……妳怎麼忍心叫我做那麼危險的事？」

「才不是試毒，而且我也會吃。」

我們三人再次坐下，把手伸向餅乾。

這次的餅乾烤得酥脆，奶油香也不停地逗弄嗅覺感官，隨後湧上的淡雅甜味和濃純的巧克力香，更是讓人欲罷不能。

「……好好吃。」

由比濱吃完一塊餅乾後發表感想，雪之下也輕輕點頭表示同意。兩人看向彼此，由比濱靦腆地笑了出來，雪之下也回以微笑。

然後，由比濱把身體轉向我。

「好吃吧？」

「就不錯吃啊。」

我剛才說過了吧？沒說過嗎？在由比濱的逼問下，我如此回答。結果，兩人的表情都蒙上些許陰影。

「不錯……」

「不錯是嗎……」

由比濱略顯失望地垂下肩膀，雪之下則瞪過來一眼。呃……稍等一下，不然這種時候我還要怎麼說？我從腦海中找出比企谷八幡的哥哥語錄，把為了討好小町而記住的辭彙全都拿出來。

「呃……那個……真是超好吃的……謝謝妳。」

我深怕自己再次失言，把腦汁絞得一滴不剩才擠出這幾個字，由比濱的雙眼立刻亮了起來，雪之下的視線也變得柔和。

「嗯！」

由比濱精神十足地回答，雪之下默默替我盛滿紅茶。

太好了，小町。哥哥好像說中正確答案了……

雖然我在小町的加持下才度過難關，但老實說，餅乾的確很好吃，我也是真心感謝她們。

不管是微甜的餅乾，還是溫暖的紅茶，都帶給我無比的充實……肯定是這樣沒錯。所以，我再次低喃一聲「真是愉快」。

然而，我還是覺得哪裡不太對勁。

當我察覺到這一點，踩著高跟鞋的腳步聲同時響起。

對方不但毫不隱藏自己的腳步聲，反而像是要彰顯似的步步接近，最後終於顯露真面目。

雪之下注意到腳步聲，將視線移向我身後，然後輕輕皺眉。

光是看到那個反應，我就猜到出現在身後的人是誰——雪之下陽乃。

「姐姐，有事嗎？」

陽乃沒有回答雪之下的問題，而是默默地直盯著我。她用手指輕撫嘴角，緩緩打開豔麗的雙唇。

「這就是你說的真物？」

被她這麼一問，一股寒意便竄上背脊，我下意識地轉頭避開她的視線。但陽乃不放過我，往這裡更接近一步。

「這種時間，就是你說的真物？」

「……妳覺得呢？」

我只能說出這種毫無意義的回答。

陽乃的聲音雖然冰冷，但也含有一份純粹。

她彷彿在告訴我，她真的不明白、無法理解。

「姐姐，妳到底想怎樣？」

「就……就是說啊。那個……」

雪之下和由比濱忍不住插嘴，但我伸手制止她們。因為，陽乃詢問的人是我。

只不過，就算我不制止，陽乃也不會對她們提起興趣。她只是默默地盯著我的眼睛、我的一舉手一投足，甚至是我的呼吸。

「這就是你要的東西？我不認為你是這樣的人。」

陽乃說到這裡頓了一下，來到我的身後，探過來看向我的臉。

「你是這麼無趣的人嗎？」

儘管我們的距離近到足以感受對方的氣息，稍微動一下就能碰到彼此的身體，但這句話聽在我的耳裡，卻遙遠得教人害怕。

「如果我有趣，早就是班上的紅人了。」

「我就喜歡你這點。」

我把臉轉到反方向。陽乃開心地輕笑兩聲，總算往後退了一步。

要是她就這樣離開不知道該有多好。但這是不可能的。我十分清楚她不是那麼好打發的人。

陽乃在一步之外的地方睥睨我們。

「……不過，現在的你們有些無趣。我啊……比較喜歡以前的雪乃。」

聽到這句話，我不禁倒抽一口氣，表情也變得緊繃。

雖然雪之下和由比濱都低著頭，她們此刻的表情，八成跟我沒什麼兩樣。

陽乃發覺沒人肯答話，輕輕嘆了口氣。最後，高跟鞋的腳步聲總算逐漸遠去。

我徹徹底底地明白她想說的話。

雪之下陽乃的話中之意是——這種東西根本不可能是真物。

我也有同感。

這個狀況和這種關係，確實讓我感到不對勁。

因為還不習慣，因為不曾經驗——所以，我才以為只是一點不對勁而已，以為久而久之自然會適應。

然而，陽乃並不輕易地善罷甘休。

那是長期盤踞在胸口的東西，令人浮躁不安的淡淡寒意，一直潛伏在心底的不快。

雪之下陽乃把我不願面對的事情，攤在我的面前。

那才不是信賴，而是某種更殘酷的事物。

×　×　×

熱鬧過後，總是留下無盡的寂寥。

今天的烹飪教學活動也不例外，一色在最後簡單地致詞後，眾人便各自收拾起東西，三三兩兩地解散。

隨著人數逐漸減少，原本熱鬧的烹飪室也靜了下來。最後只剩下現任學生會成員和侍奉社員。

在場的所有人一起清理垃圾，並且把場地復原。一色收完外面的海報回來後，宣布：

「剩下的事情交給我們學生會就行囉。」

聽到這句話，我再次環視室內。剩下的工作確實不多，直接交給他們即可。不過，我們的回答並非如此。

「嗯……可是，我想幫到最後。」

「沒錯，妳不需要顧慮我們。」

由比濱、雪之下還有我都選擇留下來幫忙。

一色對我們的回答頗為意外，還偷偷看向我加以確認。我輕輕點頭後，她立刻露出微笑。

「真的嗎？那麼，就接受學長姐的好意吧。」

實際上，應該是我們接受她的好意。一旦活動完全結束，腦袋就會自然想起剛才的事，所以我們才想盡量拖延時間。

不過，這樣的抵抗也持續不了多久。

大致收拾完畢後，最後只剩下我們所在的調理臺周圍還沒清理。

我壓扁完全失去溫度的紅茶紙杯，往垃圾袋裡一丟，把袋口綁好，就再也沒有其他能做的事。

把門窗全數關好，確認沒有忘記東西後，眾人來到公民會館外。把垃圾袋放到指定地點後，終於沒有繼續待在這裡的理由。

「各位辛苦了。」

在公民會館門口附近，一色向我們低頭道謝，其他學生會成員也同樣低下頭。

由於這場活動是突然之間說辦就辦，大家此刻的臉上都顯露出疲憊。

沒人還有體力舉辦慶功宴，大家各自踏上回家的路。

我們三個也是一樣。

雪之下重新背好包包和手上的大袋子。袋子裡八成裝著紅茶和她的私人調理器具。

「……回家吧。」

「也好。」

繼雪之下之後，我也推著腳踏車，往車站的方向前進。這時，由比濱一把抓住腳踏車的後座。

「幹麼……」

被我這麼一問，她似笑非笑地說：

「那個……要不要，一起去吃個飯？」

聽到這突如其來的提議，我和雪之下面面相覷。

「這個……時間有點晚了……」

「那我今天去住小雪乃家，在妳家吃飯怎麼樣？」

「今天去住……妳一個人說了算嗎。」

由比濱確實經常去雪之下家過夜，我記得她們在這類活動的前後，大多會一起回家。

「有、有什麼關係。不行嗎？」

由比濱用撒嬌的聲音這麼問，雪之下輕輕嘆了口氣。

「我是無所謂……」

「好耶！那我們走吧！自閉男……要來嗎？」

不同於剛才對雪之下撒嬌的語氣，這句話中隱約有種急切。我一下也找不到拒絕的理由，便點頭答應。

「走吧，反正我也餓了。在車站集合行嗎？」

「嗯！」

由比濱回答後，我也點了點頭。

我把腳踏車轉往反方向，跨上車騎了出去。

× × ×

我抵達車站時，由比濱跟雪之下也正好走出剪票口。

她們搭乘電車過來，而我則是騎腳踏車。電車的速度固然比較快，但若加上等車，實際花費的時間其實和騎腳踏車過來差不多，看來我時間抓得剛剛好。

我們會合後，先去雪之下家讓她放東西。

從車站到雪之下的家並不遠。一路上，我們時而漫無邊際地聊天，時而一邊感受沉默的時間。

走過大型公園旁邊的小路，便看到眼熟的摩天大廈。

我們通過斑馬線，來到大樓入口時，雪之下忽然停下腳步。

「怎麼了？」

「啊，沒……」

我出聲問道，雪之下的反應慢了半拍，訝異地注視著某個地方。我順著她的視線看過去，發現一輛停在路邊的黑色高級車。

正當我覺得那輛車相當眼熟，車門便突然打開，一名女性走了出來。

她將豔麗的黑髮整齊地盤在頭上，穿著和服走路的姿勢兼具優雅與威嚴。這個人是雪之下的母親。

「媽媽……妳怎麼會來這裡……？」

「因為陽乃把妳的志願告訴我了。我要來跟妳談這件事。雪乃，妳這麼晚才回來，是去了哪裡……？」

母親擔心的眼神讓雪之下低頭不語。那個反應讓她輕輕嘆了口氣。

「我一直認為，妳不是會做這種事的孩子……」

她說出這句話時，雪之下有一瞬間抬起頭，睜大眼睛注視著母親。可是她沒能回話，只是輕咬下脣別開視線。既溫柔又冰冷的話語束縛住雪之下。只要說出這句話，就足以限制她的想法，否定她的一切。

雪之下母親的眼神絕對不算銳利，聲音中也沒有怒氣或不耐，反而更接近悲嘆。

「因為相信妳，我才讓妳自由……這是我的責任、我的失敗。」

她不給任何人反駁的餘地，逕自默默地搖頭。

「我……」

雪之下小聲地想說些什麼，但是被下一句話輕易打斷。

「難道我做錯了嗎……」

她無力地自言自語，聲音聽起來既愧歉又懊悔。那種自責的態度讓旁人無法對她加以責難，連被這麼說的雪之下本人也一樣。

由比濱看準雪之下的母親嘆氣的瞬間，怯生生地說：

「那個……今天有學生會的活動……我們是因為幫忙，才拖到這麼晚……」

「是嗎？你們專程送她回來啊。謝謝妳。不過，現在已經很晚了，妳的家人應該也會擔心……對吧？」

雖然沒有直接叫我們回家，雪之下的母親還是用完全不帶敵意的溫柔聲音和笑容如此暗示。

在此同時，她也用態度劃出明確的界線——這是她們家的事，不容外人置喙。被她這麼說，我們也只能乖乖退到一旁。我和由比濱都察覺到，現在沒有說話的餘地。

我們閉口不語時，她靜靜接近，將手搭上雪之下的肩膀。

「我希望妳能自由地做自己……可是，我也擔心妳會走上錯誤的道路……妳往後有什麼打算？」

這句話裡究竟有多少詢問的意圖，我完全無法判斷。

「……我會好好說明的。妳今天先回去吧。」

「是嗎……既然妳都這麼說了……」

雪之下低著頭說道，她的母親露出困惑的表情，然後斜眼看向我和由比濱。

「……既然已經把妳平安送到家，我也該走了。」

我向雪之下的母親點頭示意，轉身就走。一個男生一直待在獨居女兒身旁，她應該也不放心才對。繼續留在這裡，只會對雪之下不利。

「我、我也該走了……再見！」

在我身後的由比濱也這麼說，快步跑了過來。在這種情況下，她也不可能再說要留下來過夜吧。

走了好幾公尺後，我偷偷回頭一看，雪之下好像在和她的母親對話。對話結束後，雪之下的母親回到車上，留在原處的雪之下也才進入大廈，再也不見身影。

我和由比濱站在斑馬線前等待綠燈時，雪之下家的車子緩緩駛離。雖然後座的車窗上貼著黑膜，沒辦法看到裡面的情況，對方彷彿正看著這裡，使我怎麼也靜不下心。

過了一會兒，燈號轉綠，由比濱率先踏出腳步，轉身對我說：

「那我要回家了。」

「啊……我送妳。」

聽到我這麼說，由比濱搖搖頭。

「不用了，反正車站就在附近。而且……總覺得這樣有點狡猾。」

為什麼狡猾——這句話我問不出口。

「……是嗎？」

我只能無力地回應，望著由比濱離去的背影。

就算多走一點路陪她到車站，我回家的距離也不會差多少。儘管如此，我也沒能過去追她。

看著由比濱在街燈的照耀下離去後，我才終於騎上腳踏車。

雖然風不大，冰冷的空氣還是讓我露在外面的臉頰陣陣刺痛。

努力踩了好一段時間的踏板後，我的身體開始發熱，但腦袋卻徹底冷了下來。

真正的我、真正的她、真正的自己——

每個人肯定都有一個被別人界定的自己，而那個自己總是跟真正的自己不一樣。我和她都是如此。真正的我們，總是跟別人眼中的有所不同。

不用跟任何人確認，我也能明白這一點。

因為過去的我是這麼說的。因為以前的比企谷八幡一直在吶喊——

那樣好嗎？那就是你的願望嗎？那就是比企谷八幡這個人嗎——

我摀住耳朵，閉上眼睛，不去聽那些怒罵、吼叫和咆哮，用燥熱的吐息代替話語。

如果連自己都說不出「那就是真正的我」這種話，那麼「真物」又該怎麼辦……真正的我們，到底身在何處？為什麼那些人能夠為關係性下定義？

一旦把這種感情貼上「不自然」的標籤，就不會再想到其他的可能。

這種感情和關係不該定義，不該命名，更不該從中找出意義。因為一旦產生意義，便會失去其他的功能。

要是能用框架加以定型，想必會輕鬆許多。我之所以從不這麼做，就是因為明白，一旦用框架定型，之後將只能以破壞的方式改變框架。

過去的我為了尋求永不磨滅的事物，才總是避免賦予名義。

我一直在思考，自己和她是否總是一味地依賴無形的話語？

真希望現在立刻降下一些雪花。如此一來，至少能掩蓋許多事物，讓我不再繼續胡思亂想。

無奈這座城市鮮少下雪，今晚的天空依然澄澈無比。

只有璀璨的星光，讓現在的我無所遁形。

7 無可奈何地，雪之下雪乃的雙眼無比澄澈

情人節前夕的料理教室，已經是好幾天前的事。

之前還那麼晴朗的天空，今天卻有些陰沉。聽說這種不穩定的天氣，將持續好一陣子。雖然晚上降溫的幅度沒那麼劇烈，但老實說，這種程度只能說是誤差範圍。千葉的冬天依舊寒冷。

過了放學時間，隨著太陽西沉，寒意越來越刺骨。

我穿過寒冷的特別大樓走廊，鑽進開著暖氣的社辦，才鬆了一口氣，攤開文庫本。

黃昏將近，社辦一如往常。

長桌上擺著紅茶杯和馬克杯，以及完全不搭調的日式茶杯。

視線一隅，雪之下在馬克杯和日式茶杯裡注入紅茶後，將杯子分別放到由比濱

和我的面前。

我為了接過紅茶而抬起頭，正好和對面的雪之下四目相對。

雪之下迅速低下頭，但又很快地稍微抬起頭，然後再次垂下視線。那心神不寧的模樣，顯得跟平常不太一樣。由比濱似乎也有同樣的感覺。

「小雪乃？」

雪之下這才勉強看向由比濱，還順便看向我，難以啟齒地說：

「上次真的很抱歉……我母親……」

雪之下靜靜地低下頭。雖然她沒有多說，但是從那舉動和幾個關鍵字，我還是馬上明白她為何道歉。我根本無需特地回想那天發生的事。因為這幾天下來，那些事一直在腦海中迴盪，讓我想忘也忘不掉。雪之下母親的事自不待提，陽乃所說的話、由比濱離開時留下的話語，以及我自己內心的吶喊，至今依然沒有消失。只不過，將這些事情說出來並沒有意義，我也無法為此責備某人。

因此，我只輕輕搖頭，要她無須掛懷。坐在斜對面的由比濱，也使勁揮了揮手。

「這沒什麼啦！我也常常被媽媽念太晚回家啊。」

「是啊，全天下的媽媽不都是這樣？她們就是愛嘮叨，還會擅自幫你整理房間，突然問你在學校快不快樂。」

為什麼全天下的媽媽都對兒子的居住空間和人際關係，甚至是喜歡看的書感興趣呢……到底是為什麼？難道她是我的粉絲嗎？謝啦，老媽。可是，拜託妳不要動我的書桌抽屜好嗎？

雪之下聽了我和由比濱的話，微微一笑，表情和緩下來。她和往常一樣，撥開垂在肩膀上的頭髮。

「……是嗎？比企谷同學的母親應該特別辛苦吧。」

「自閉男的媽媽啊……是什麼樣的人呢？」

「我也不知道該怎麼說……就普通吧，像是再多一個小町。不過因為考試快到了，最近小町常和老媽吵架。」

就算是感情還算不錯的母女，偶而也還是會發生衝突。只不過，她們吵架的最大原因，其實出在老爸身上……那傢伙太過擔心小町，動不動便說這個說那個，惹得老媽發飆，小町也發飆，最後全家都殺氣騰騰……啊，原來這根本不是母女吵架嘛，只是老爸惹人厭罷了。不管怎樣，一個家庭為了子女的考試和志願吵架，是常有的事。

聽到我這麼說，由比濱不斷點頭。

「這樣啊……小町明天就要考試了呢。然後我們也放假一天。」

「我想，小町應該不會有問題……」

「嗯……」

雪之下的口氣有些不安。我表示贊同的聲音，八成也差不多吧。

明天就是高中入學考試的日子，而且還是情人節。簡單來說，我今年是拿不到小巧了。可惜呀可惜，明年再見囉！（註28）雖然我想展望明年，但沒人曉得明年會怎麼樣。一想到未來的事，我就不由得心情低落。

由比濱似乎從表情看出我的心事，對我投以關心的微笑。

「你這個哥哥一定很擔心吧……」

「一定的……」

在她溫柔的聲音下，我不禁重重地點頭。

我深深嘆了口氣，先前一直刻意不去想的事情倏地浮現腦海，對未來的哀嘆也像決堤般湧了出來。

「我的小町太可愛了，入學後絕對會大受歡迎對吧？這樣一來，我就不得不多加提防她身邊的蒼蠅，還得小心不讓她有我這個廢柴哥哥的事曝光，否則會影響到小町的身價。」

「擔心的地方不太對吧！而且還已經當她錄取了嗎！」

「真不曉得該說你積極還是消極……」

由比濱滿臉錯愕，雪之下也露出被打敗的表情嘆了口氣。接著，兩人相視一笑。

今天感覺不會有人來訪，社辦和往常一樣，散發閒暇的氣氛。

在些許的安心感之下，我信手翻過書頁。由比濱癱在桌上玩手機，雪之下取下茶壺的保溫套，優雅地重新注滿紅茶。

註28　出自《網球王子》，菊丸英二的名言。

然後，雪之下把書包放到桌上，從裡面拿出樸素的小紙袋。她「啪」的一聲，輕輕打開紙袋封口，甘甜的香氣便飄了出來。那大概是用來配茶的餅乾。

雪之下細心地把餅乾放到木盤上。我斜眼一看，盤子上擺著巧克力片、果醬和格紋等各式各樣的餅乾。從豐富的種類和包裝的紙袋看來，那應該不是在外面買的。

「啊，那些餅乾是小雪乃做的嗎？」

由比濱的雙眼閃閃發光、充滿期待。

雪之下的料理技術有口皆碑。不只是前幾天的料理教室，她以前也曾多次展現自己的手藝，而由比濱也每次都能大飽口福。

所以，這並不是什麼稀奇的事。

儘管如此，由比濱不經意的一句話，卻不知為何讓雪之下難以回答。

「……嗯，是啊。昨天晚上剛好做了一些。」

雪之下低下頭，用指尖輕撫木盤邊緣，輕輕吸口氣，然後偷偷瞄了我一眼。她的肩膀和脖子完全不動，只從瀏海的縫隙抬眼偷看，眼神中充滿迷惘，彷彿在猶豫是否該直視我。在那樣的舉動下，我的內心開始騷動。

雪之下微微張口，卻又再次閉上，一副欲言又止的模樣。她那稚嫩的雙唇讓我異常在意，忍不住別開視線。

於是，社辦靜了下來。

「這樣啊……在那之後我也再試了一下，但還是不太行……」

也許是因為受不了突然造訪的沉默，由比濱用笑聲蒙混過去。她一邊輕搔頭上的丸子，一邊左顧右盼。

「我家的烤箱好像壞掉了。雖然會發出咕咕咕的聲音，但就是沒辦法把餅乾烤得脆脆的。」

「那只是普通的微波爐吧……」

說完，我輕輕嘆了口氣。也許我只是因為大家恢復正常而放心了。

雪之下也掩嘴輕笑。接著，她再度把書包放到大腿上，從裡面拿出另一個小紙袋。

那個紙袋上面綁著可愛的粉紅色緞帶，還印著貓咪的腳印，大概是要送給由比濱的禮物。

「不嫌棄的話，就收下吧。」

「可以嗎？喔喔——謝謝妳！」

「裡面的東西沒什麼差別就是。」

看著由比濱開心地收下禮物，雪之下有些不好意思地如此補充。

「沒關係，我超開心的！小雪乃做的點心真的很好吃！」

由比濱在胸前輕摟了一下紙袋，然後小心翼翼地捧起，用溫柔的眼神仔細注視。眨了幾下眼睛後，她怯生生地把視線移向雪之下。

「……那個……只有我的份嗎？」

我明白這個問題的意思，忍不住將臉別開。雖然我努力定住視線，繼續閱讀手邊的書，卻完全讀不進書上的字。

為什麼我要移開視線……

鋼碗滾動的聲音在腦中迴盪。就算有辦法移開視線，我也無法對腦海的聲音充耳不聞。現在我能做的，只有靠著思考避免自己繼續胡思亂想。

我又在妄自猜測，妄自期待，自我感覺良好了。不管她有沒有準備我的份，從這件事中找尋意義，都是一件奇怪的事。這個社團只有三個人，沒給是理所當然，有給是禮貌客套。一旦思考起有沒有更深的意義，便遠遠超過自我意識過剩的程度。想著這種事只會顯得難看，拚命告訴自己別這麼想也同樣難看。這種既可怕又噁心的想法，當然是一種錯誤。

儘管我一個勁地用思考填滿腦袋，心情還是無法恢復平靜。我作勢撩起頭髮，視線開始到處亂飄，不停留在同一個地方。

因為這個緣故，我的眼角餘光瞥見由比濱緊緊閉著嘴巴。她白皙的喉嚨抽動了一下。

「……自閉男的份呢？」

何必刻意問出這種問題……再說，我也沒有很想要。認真的。

——我沒辦法說出這樣的話。

由比濱的語氣、眼神和往常一樣，畏畏縮縮地等待著回答，只有擺在大腿上的左手緊緊握著裙子。當我看到這一幕時，就完全說不出話了。

「啊，那個……我……」

我只能難堪地發出結結巴巴的聲音，雪之下的嘆息在同時傳了過來。

雪之下使勁抓住大腿上的書包，把它放到身旁，然後靜靜拉開椅子站起來。

她像是要扶著長桌般伸出手，把裝著餅乾的盤子推到我面前。

「……請用。」

「謝……謝謝……」

即使我這麼回答，雪之下也沒有和我對上視線，依然不肯把頭轉過來。夕陽微微照亮她的側臉。不知道是不是因為雲層較厚，今天的晚霞比平時還要鮮豔，把整間社辦都染成一片赤紅。

她尷尬地輕咬下唇，耳朵和頸部微微泛紅，長長的睫毛不停顫動。我不敢直視這樣的她，略微粗魯地闔上書本，把手伸向餅乾。

「……好吃。」

「對吧！」

我不自覺地小聲說出感想，由比濱立刻探出身體表示贊同，並且再拿起一塊餅乾大口咬下，滿臉幸福地托住臉頰。

「……是、是嗎？我只是照平時的方法做而已……」

看到我們的反應，雪之下總算放鬆肩膀的力道，坐回原本的位子。

三人的椅子皆在各自應有的位置，一盤餅乾放在大家的正中央，三個茶杯冒出溫暖的熱氣。

我們不時聊起今天的紅茶和點心，默默看書或玩玩手機，然後又突然冒出幾句對話，自然而然地開口歡笑。

沒有其他外人的社辦，充滿安適的氣氛。

時間緩緩流逝，太陽即將沒入海面。

冬天的夕陽沒有熱度，只能照亮人們，無法給人溫暖。要是放著不管，恐怕會就這樣一直冷下去吧。

所以，我們才要勉強保持活動來取暖。

即便感到不對勁也無法停下。

× × ×

直到最後，都沒有人來到社辦。隨著放學時刻到來，今天的社團活動宣告結束。

我們鎖好門，等雪之下歸還鑰匙回來，便離開校舍。大家自然而然地延續先前在社辦的話題，結果不知不覺間，便來到腳踏車停放處。雖然算不上是回禮，我牽著腳踏車，將她們送到校門口。

我們不走我平常走的側門，而是繞到面向通往車站的大馬路的正門。天空已經完全暗了下來，烏雲低垂密布，看樣子好像會下雨。

「唔唔……好冷！」

「最好把圍巾圍上。」

由比濱一踏出校門便渾身發抖，一旁的雪之下動作俐落地幫她把圍巾纏好。雖然眼前的光景足以溫暖人心，但無法溫暖身體。太陽下山後，氣溫迅速下降，一旦停下腳步，寒意便立刻從腳底竄上來。

「看來真的會很冷……」

想到回家的路，我就感到鬱悶。接下來我可是要在寒風中騎腳踏車耶，誰受得了啊……我也重新圍好圍巾，把手套戴得更深，輕輕舉手道別。

「再見。」

「嗯，再見。」

由比濱在胸前輕輕揮手。我向她點個頭，準備騎上腳踏車。

就在這時，我聽見夾雜著吐氣的細微聲音。

「……啊。」

回頭一看，雪之下似乎想要叫住我，往前站了半步。

即使用眼神詢問她的意圖，雪之下也沒有改變態度。她欲言又止的嘴巴動也不動，用雙手緊緊握住掛在左肩的書包開口，呆立在原地。

看到她充滿不安的雙眼，我便無法輕易發問，只能靜靜地等她開口。無聲的問答沒有停歇，直到某個人的腳步聲響起。

「啊……那個……我先走了喔？」

由比濱露出困惑的笑容，但只是後退了一步。她用戴著手套的手，輕撫頭上的丸子，窺探雪之下的反應。

那道視線讓雪之下抗拒般地微微搖頭，用懇求的眼神看向由比濱。由比濱有一瞬間垂下眼簾，隨即又抬起頭，用溫柔的眼神再次詢問：

「嗯……怎麼樣？」

她的聲音中沒有困惑，只是溫柔地確認對方的意向。

「……那個──」

雪之下說到一半的話語被風吹散。她不知道該如何開口，痛苦地紅著臉垂下視線，比剛才更加使勁握住自己的書包，肩膀也跟著顫抖起來。

我們僵在原地，等待她的下一句話。現場沒人說話，只有某種堅硬物體的碰撞聲響起。

喀。

這好像鞋跟踩在柏油路上的聲音。

腳步聲一步步逼近，我差點錯聽成自己的心跳，或是只有我能聽見的幻聽。我甚至以為，一直深藏在心中的疑惑變成實體出現了。

但是，聽到那聲音的人似乎不是只有我。由比濱也將視線移向逼近的腳步聲，然後驚訝地發出低呼。

「啊……」

腳步聲終於停下。我和雪之下也追著由比濱的視線看過去，訝異地睜大雙眼。

「雪乃，我來接妳了。」

「姐姐……」

雪之下發現對方是誰，也小聲叫道。

雪之下陽乃再次用靴子的鞋跟敲響地面，走到我們的面前。她把手插進大衣口袋，露出得意的笑容，歪頭看向雪之下。

「我不記得有什麼事必須讓妳來接我……」

「是媽媽叫我來的，她要我暫時跟妳一起住一陣子。啊，還有多的房間對吧？行李明天就會送到，不知道妳方不方便？我上午會在家，可是下午要出門，到時候可以麻煩妳幫忙嗎？」

陽乃一開口，便劈里啪啦地說了一大串，彷彿不給我和由比濱插嘴的機會。一旦被她靠著氣勢掌握主導權，身為外人的我們就沒辦法多說什麼了。

更何況，雖然陽乃的口氣聽起來不太耐煩，卻說得非常自然，彷彿在交代極其理所當然的既定事項，展現出不接受異議的態度。

「等……等一下，為什麼突然變成這樣……」

雪之下用夾雜責難和困惑的語氣這麼問，陽乃顫抖肩膀，略顯誇張地笑出來。

然後，她稍微前傾，抬起眼睛看著雪之下，不懷好意地說：

「妳心裡也有底吧？」

雪之下被這麼一問，肩頭為之一震。

「……那是我自己該做的事，與妳無關。」

雪之下瞪視陽乃，用充滿拒絕之意的尖銳語氣回答。

雪之下自己該做的事，八成是指前幾天和她母親說好的約定。當時，面對母親提出的問題，她保證自己總有一天會回答。

儘管如此，雪之下陽乃還是出現在她的面前。

不曉得是因為她母親不願等到雪之下主動開口，還是單純擔心女兒太晚回家，才派姐姐過來監視。明白雪之下母親想法的人，就只有陽乃一個。

陽乃默默聽著雪之下的話。

一直掛在她臉上的愉悅微笑已經消失，只剩下銳利的眼神，緊緊盯著雪之下不放。她靜靜地射出冰冷的視線，彷彿要看清雪之下的一切表情與動作，甚至連內心都看透。

最後，她微微揚起嘴角。

「……妳有自己可言嗎？」

「什……」

突如其來的話語讓雪之下摸不著頭緒。她還來不及反問，陽乃就打斷她的話，繼續說了下去。

「妳從以前就只會模仿我的行動，有資格說什麼自己的想法？」

儘管嘴上掛著笑容，她的聲音卻比平時還要冰冷，射向雪之下的視線幾乎要讓人結凍。

雪之下沒有反駁也沒有抗拒，只是茫然地看著陽乃。看到這樣的她，陽乃輕輕聳肩，無奈地嘆了口氣。

「妳總是享有自己的自由。但那些也不是妳的決定。」

這句話聽起來溫柔，但其中又帶有一絲憐憫。

下一刻，陽乃將原本注視著雪之下的視線，掃向一旁的由比濱，以及對面的我。

和我四目相對時，陽乃輕輕一笑。

「……就連現在，也不知道該怎麼行動對吧？」

沒人知道這個問題到底是在問誰。

不光是雪之下，我也如同被釘在原處。雖然想阻止陽乃繼續說下去，但我完全發不出聲音。因為我也不曉得，該怎麼處理眼前的局面。

「雪乃，妳到底想怎麼做？」

「……如果妳們姐妹要吵架，可以麻煩去其他地方嗎？」

為了打斷陽乃的質問，我勉強擠出這句話。

雪之下陽乃肯定會說出決定性的一句話。她會揭穿真相。我不能讓她繼續說下去。這不是為了雪之下，而是為了我。

陽乃像是興致全失，一臉無趣地看著我。那藐視的眼神彷彿在說，「你就只會說這種話嗎？」

「吵架？這根本算不上吵架。我們從以前就不曾吵過架。」

「不管怎麼樣，這都不是該在這種地方說的話。」

我們互相投以冰冷的視線。我拚命忍住別開雙眼的衝動。

「那個……我跟小雪乃，都在好好地思考。」

由比濱挺身而出，站到雪之下的身旁，強而有力地說道。但是，陽乃的視線讓她逐漸畏縮，最後終於低下頭。陽乃用悲傷的溫柔眼神，看向這樣的由比濱。

「……是嗎？那等妳回去後我再慢慢聽吧。反正妳能回去的地方，也只有一個……」

陽乃拋下這句話後，轉身離開，鞋跟踩地的聲音再次響起。隨著聲音逐漸遠去，我緊繃的肩膀也慢慢放鬆。

壯麗的晚霞染遍雲層。目送陽乃離去後，我終於深深呼出一口氣，有種自己許久不曾呼吸的錯覺。

留在原地的我們沒能看向彼此。一直低著頭的雪之下輕咬下脣杵在原地，由比濱難過地注視著她。在這種狀況下，說出那種話的我也不知道該如何道別，只能仰望天空拚命思考。

「那個……對了，要來我家嗎？」

因此，聽到她努力堆起笑臉說出口的提案，我找不到推辭的理由。

×　×　×

我們離開學校，沿著通往車站的大馬路前進一段時間後，來到一塊大廈林立的區域。

由比濱的家就在其間。

由於目前正好處於放學和下班人潮最多的時段，路上到處都是吵鬧聲，對於不發一語，只是默默走路的我們而言，這樣的喧囂有如天降甘霖。

我和雪之下只在踏進由比濱家時，開口說了聲「打擾了」。直到進入她房間稍事歇息，才總算發出嘆息之外的聲音。

「抱歉喔，房間沒什麼整理……」

由比濱坐到矮桌前，把坐墊推給我和雪之下。

「……謝謝。」

雪之下簡單道謝後，抱著坐墊到她的身旁靜靜坐下，我也跟著盤腿坐在地上，隔著矮桌和她們面對面。拜粉紅色的短毛地毯所賜，腳底下非常溫暖。

我抱著軟趴趴的坐墊，忍不住開始東張西望。

置物架上滿是可愛的小東西，和神祕的亞洲風格擺飾品，時尚雜誌堆積如山，曾經可能是書桌的東西也淪為物品堆放處。

雖然如同由比濱自己所說，她應該沒有常常整理這個房間，但依然算是相當整齊。至少比我房間乾淨多了。

只不過，我就是靜不下心。房間裡飄散著香味，光是這樣就讓我坐立不安。這股味道是從床鋪飄過來，我忍不住往那個方向瞥了一眼，發現床邊擺著一個小瓶子，裡面插了幾根細細的棒子。看來那就是香味的來源。

那是什麼……當我定睛注視時，一陣咳嗽聲傳來。我移回視線，發現由比濱難為情地扭捏著身體。

「不……不要亂看好不好……」

「咦？啊……因、因為看到很像炸義大利麵的東西，我才……」

我一副狼狽地為自己辯解。由比濱聽了，露出「受不了你」的笑容。

「那是室內芳香劑啦……」

喔——原來那是房間用的芳香劑啊……從外表看來，那些像炸義大利麵的棒子，會把芳香劑吸起來，然後散發到空氣中……應該吧。想不到女孩子房間內的東西真是五花八門，我暗自感到佩服。同一時間，有個傢伙在我視野的角落微微顫抖。

「炸義大利麵……」

轉頭一看，雪之下正把臉埋在坐墊裡憋笑。有這麼好笑嗎……這個人的笑點還是一樣摸不透……

想著想著，我也不自覺地跟著笑了出來。由比濱也放心地呼了口氣。

在氣氛終於能讓人靜下心說話後，雪之下從坐墊中抬起頭，端正坐姿。

然後，靜靜地低下頭。

「對不起……給你們添麻煩了……」

「一點也沒有！別在意！」

由比濱在胸前使勁揮手，刻意用開朗的語氣回應。在此同時，另一個更開朗的聲音傳了過來。

「是啊～根本不用放在心上嘛。」

我們沒聽見敲門聲，房門便突然打開，一名用盤子端著茶的女性冒了出來。她穿著厚毛衣加長裙，給人沉穩的印象，但一張娃娃臉又讓她看起來頗為年輕。每當她開朗地笑起來，後腦勺的丸子便活力十足地跳動。

「媽！不要突然跑進來啦！」

「咦～」

由比濱不高興地抗議，但這位媽媽只是用笑容輕輕帶過。現在即使沒有人介紹，我也能馬上猜到她是由比濱的母親。她的親切笑臉和姣好身材，簡直跟由比濱如出一轍。

……就算說是姐姐，我八成也相信。但既然由比濱都叫她媽媽了，應該就是媽媽吧？由比濱的母親，簡稱由比濱之母。嗯，根本沒有省略的感覺，也沒有比較好念。

由比濱的母親蹲到矮桌旁，開始備茶，然後把倒好的茶端到我面前。

「啊，謝謝。不好意思……」

這種時候好像應該說聲不用麻煩、讓您費心了，或大恩不言謝之類的才有禮貌。我鮮少去別人家作客，所以不知道該如何應對。再加上對方還是由比濱的母親，讓我更為緊張，說話都開始結結巴巴。

光是看著她的臉，我便感到一陣莫名的難為情，遲遲不敢抬起低下的頭。直到頭上傳來開心的驚呼，我才好奇把頭抬起，發現由比濱的母親正盯著我猛瞧。

她一下子「喔——」一下子「嗯～」觀察我好一段時間。

我不知道該如何應對，過了半天說不出話。後來是她先愉快地笑了出來。

「你就是那個……自閉男對吧？結衣常常說起你的事情喔～」

「這樣啊……」

好想死。這實在太丟臉了，讓我死一死吧。

「媽！不要說些有的沒的啦！」

由比濱慌張地撲向母親，搶過裝著零食的盤子，然後將她拉了起來。

「怎麼這樣……媽媽也想跟他聊天耶～～」

「不用啦！」

由比濱的母親不斷發出抱怨，但還是被由比濱推著離開房間。

雪之下面帶微笑地看著那對母女的互動，結果正好跟由比濱母親對上視線。

「啊，對了，小雪乃。」

「……什……什麼事？」

雪之下一臉困惑地回答，由比濱的母親露出笑容說：

「妳今晚要住這裡吧？我幫妳拿棉被……」

「我來就行了啦！」

由比濱使勁將她往外一推，然後鎖上房門。外面好像還有聲音傳來，但由比濱完全沒有理會，輕輕嘆了口氣。

「啊哈哈……對不起喔。小雪乃能來好像讓我媽高興過頭了。真是丟臉……」

聽到由比濱害羞地這麼說，雪之下輕輕搖頭，要她別放在心上，然後露出無力的微笑。

「妳們感情真好……我有點羨慕。」

雪之下的表情帶有一抹寂寞與不甘。如果自己的母親和姐姐也像她們家那樣，就算不是雪之下，恐怕也很難好好相處。我和由比濱不由得閉口不語。

注意到這陣沉默，雪之下趕緊轉換話題。

「對不起，說了些奇怪的話……我差不多該回去了。」

雪之下說完，準備起身。由比濱立刻上前挽留，要她重新坐下，並且用開朗的語氣說：

「說到這個……妳今天要不要在這裡過夜？反正我也常去妳家過夜……每個人偶爾都會有不想回家的時候吧？」

「咦？可是……」

突如其來的提議讓雪之下感到困惑，稍微猶豫了一下。她的視線游移不定，還偷偷瞄了我一眼，似乎正在大傷腦筋。呃……就算妳看我，我也沒辦法給妳意見……

不過，從稍早雪之下跟陽乃的對話看來，即使讓她在這種狀況下回家，顯然也只會重演同樣的事。再說，從由比濱的語氣聽起來，她好像也有自己的打算。我偷偷看向由比濱，她用只有我能理解的方式微微點頭。

也對。難以面對彼此時，故意避不見面這種消極手段，也是一種圓滑有效的溝通方式。當然，如果不在這種情況下定出做結論的期限，我們也可能就此逃避下去。但不管怎麼樣，給彼此一點時間，都不算是錯誤。

「……反正現在也冷靜不下來，今晚何不乾脆好好思考一下？先這樣跟她說一聲。」

「嗯，這個提議不錯。」

由比濱也同意我說的話，雪之下抱著膝蓋想了一會兒，最後終於輕輕點頭。

「……的確，你說的對。」

她從書包拿出手機，開始撥打電話。對方八成是陽乃吧。電話響了幾聲後，對方總算接起電話。雪之下抬起低著的頭，開口說道：

「……姐姐嗎？反正現在也冷靜不下來，今晚我先好好思考一下再給妳答案。先這樣說一聲……」

雪之下單方面地說完後，電話另一端的人沒有回答，彼此之間沉默下來。我聽見雪之下略顯困惑的呼吸聲，以及一句「剛才……」的小小呢喃。

我看向聲音的主人，由比濱一臉訝異地交互看著我和雪之下。正要問她發生什麼事時，電話另一端的人先發出興致缺缺的笑聲。

『是嗎……我知道了。比企谷肯定也在那邊對吧？叫他來聽。』

在安靜的房間裡，就算隔著電話，我還是能聽見這句挑釁的話語。陽乃的要求讓雪之下猶豫了一下。電話的另一端又傳來『快點』的冰冷催促，她輕輕嘆了口氣，把手機遞過來。

「……姐姐說要找你。」

我默默接過手機，拿到耳邊緩緩開口：

「……請問有什麼事？」

『……你啊，還真善良。』

陽乃的輕聲嘲諷既好聽又誘人。因為看不見對方，我差點以為自己被妖怪迷惑了。

電話另一端的那張笑臉，肯定充滿異常扭曲的美感吧。我能清楚想見那樣的表情。儘管擁有相似的面貌，我卻完全不覺得兩人相像。

我吞一口口水，下意識地看向雪之下。

雪之下茫然地環抱雙臂，後仰身體靠在窗邊，讓視線逃到窗外。

不管是點點的街燈，還是遠方大樓的紅色燈光，都不足以照亮即將下雨的夜晚。窗戶玻璃只像一面漆黑的鏡子。

映照在玻璃內的雙眼無比澄澈，卻又顯得無比空洞。

× × ×

陽乃只說了一句話，便逕自掛斷電話，為我們的對話劃下休止符。

我用手帕把手機的螢幕擦拭乾淨，再還給雪之下。下一刻，疲勞感頓時湧了上來。我這才注意到，時間已經不早了。

「我差不多該回去了。」

「嗯……」

我抓起書包站起來後，由比濱跟著起身，比我們慢半拍的雪之下也站起來。看來她們想送我離開。

「在這裡道別就行了。」

「在這邊道別也很奇怪吧。」

說完，由比濱帶頭打開房門。就在這一瞬間，一團毛球從走廊的另一端飛快衝了過來。

那是由比濱的愛犬，酥餅。酥餅就這樣往我的身體撞過來。

「唔喔……」

「不行，酥餅！」

由比濱喝斥一聲，抱起四腳朝天躺在我腳邊的酥餅。雪之下看到這個生物，嚇到動都不敢動。啊，糟糕，我記得這傢伙怕狗。

在走向家門口的途中，雪之下始終落在由比濱身後三步的距離，盡量不去接觸酥餅。另一方面，酥餅則是在由比濱的懷裡汪汪叫，活力十足地動個不停。嗯……這樣行嗎……先提醒一下由比濱可能比較好。

我穿上鞋子，要離去時，對由比濱說：

「由比濱，既然今天雪之下在這裡過夜，酥餅……」

「比企谷同學。」

雪之下用嚴厲的語氣打斷我的話。她微微噘起嘴脣，交抱雙臂瞪視著我。原來如此，她這麼不想說出自己怕狗啊……算了，對於朋友愛到不行的動物，她大概也不忍心說出那種話吧。在別人家叨擾，還讓對方多加費心，想必自己也不會好受。既然如此，我便應該尊重她本人的意願。

然而，話一旦說出口，就再也收不回來。此乃世間的常理。

由比濱不解地歪著頭。

「那個……酥餅怎麼了嗎？」

她再次這麼問，讓我不知道該做何回答。

「呃……酥餅可能會覺得寂寞，但偶爾也該讓牠學習忍耐。尤其是這個傢伙。」

「嗯，放心吧！」

我隨口胡扯，由比濱用力點頭。喔……沒想到她對自己的調教本領這麼有把握……可是，那傢伙好像完全不聽妳的話耶……才剛這麼想，由比濱就難過地垂下肩膀。

「……因為在家人之中，酥餅比較黏媽媽。」

「啊，原來如此……」

狗狗的階級意識很強，由比濱這種人八成會被酥餅踩在腳下。既然這樣，牠應該就不太會接近雪之下了吧。這也是個讓她習慣狗的好機會。

「那我走了。」

說完，我輕輕撫摸酥餅的頭。

「嗯，再見。」

「再見。」

我在她們的目送下走出大門。即使來到外廊，還是聽得到酥餅寂寞的叫聲。我懷著有些掛念的心情，踏上回家的路。

× × ×

回家吃完晚餐後，我鑽進暖被桌，看書打發時間。

難得提早回家的父母已經就寢，客廳裡只有我和小雪。只不過，小雪一直在暖被桌的棉被上縮著身體睡覺，只有我還保持清醒。

客廳門突然打開，穿著睡衣和睡帽的小町走了進來。

「妳還沒睡？」

「嗯，要睡了。再一下下。」

小町直接轉進廚房。

「我是沒差啦，早點睡喔。」

「嗯。」

明天就要考試了，這麼晚還沒睡真的沒問題嗎？我不禁在心中捏一把冷汗，但當事者卻一臉悠哉地回答。沒多久後，廚房傳來瓦斯爐的聲音。

我還以為她要做什麼料理，但隨後又是一陣在櫥櫃找東西的聲音。難道她是肚子餓睡不著嗎？正當我這麼想時，小町走來暖被桌這裡。

「拿去。」

「嗯？喔，謝啦。」

她遞給我一罐MAX咖啡。我接過罐子，雙手立刻暖和起來。原來她剛才去把買回來放著的M罐加熱，這傢伙真有一手……

「哥哥腳走開。」

小町踢開我的腳，鑽進暖被桌，兩人開始享用熱呼呼的M罐。

她滿足地呼了口氣。

「……這一天終於到了呢。」

「是啊，喝完就快去睡。明天就是入學考試了。」

睡前喝罐熱呼呼的M罐確實有助睡眠。我不由得開始滿心期待，M罐什麼時候才能得到藥品認證？搭配「嘿嘿，猛喔」這句話服用M罐，便能在這種不自然的甜味中感覺到禁忌的滋味。請大家務必親自試試。

但是，小町想說的似乎不是這個。

「……不是啦，小町是在說情人節。身為一個男生，現在應該要很興奮才對喔？」

她無奈地嘆道。

考試前一天居然還在想這種事……我家的小公主還真是膽量過人。看來是不需要特地問她「做好覺悟了嗎（註29）」了吧。

註29 光之美少女每次戰鬥前的固定臺詞。

「我才不會為那種事興奮。倒不如說我現在滿腦袋都是妳。」

「就說哥哥太寵小町嘛，真噁心。如果哥哥也像這樣多寵自己就好了說……」

「我現在不就很寵自己嗎？」

「不是那個意思啦。雖然是在用咖啡寵自己沒錯……」

我輕搖M罐，意有所指地說道，小町立刻發出不屑的笑聲……等等，她剛才是不是隨口說了什麼很過分的話？

竟然說哥哥噁心，小心我真的做出噁心的事喔。就從拍打暖被桌撒嬌開始吧……天啊，我好噁心。

「對了，如果要寵我，就給我巧克力吧。」

「不是已經給過差不多的東西了嗎？」

小町用下巴指向M罐。

不不不，雖然都是甜的，但巧克力跟咖啡完全不一樣吧。真要說的話，這東西甚至連咖啡都不太像。我根本感覺不到愛！

「……小町，妳喜歡哥哥嗎？」

「一點也不喜歡。」

小町毫不考慮，露出滿不在乎的笑容秒答。我不禁嗚咽一聲。

好過分……不過能當面說出這種話，也代表我們感情夠好吧。

我們可以像這樣互相開玩笑，故意用喜歡或討厭之類的話捉弄對方。而且不管嘴巴上說什麼，我們都很清楚彼此的真正心意。

我和小町共度的十五年並沒有白費。

那麼，那對姐妹和那對母女又如何呢？

她們相處超過十五年，住在同一個屋簷下，擁有共同的回憶，以及類似的價值觀。若連在這樣的背景下，都沒辦法互相理解，她們又怎麼有辦法和其他人相處呢？

我們兄妹的關係，是因為有小町才得以成立。我必須感謝她的地方，實在太多太多了。

……但那件事歸那件事，這件事歸這件事（註30），巧克力歸巧克力。

「人家要巧克力啦……」

我一秒淚崩，手指頭不斷在桌上畫圈圈。小町不耐煩地嘆了口氣，然後鑽出暖被桌，跑了出去。

終於被妹妹拋棄了……當我絕望地趴倒在桌上時，小町又跑回來了。

「喏。」

她戳戳我的背，把某樣東西遞過來。

我轉頭一看，那是包裝得漂漂亮亮的巧克力。

「……這是要給我的嗎？」

註30　棒球漫畫《逆境九壯士》中的名言。

「嗯，雖然陽春了點，但既然哥哥都開口要了……」

小町不知為何有些不高興地這麼說。我將巧克力擁入懷中，淚眼汪汪地不斷說著「我好高興、我好高興……」原來她早就特地為我準備好了，真是個好妹妹呀……

我靜靜啜泣，小町無奈地苦笑。

「真希望哥哥能進步到對別人這樣耍任性……」

「我怎麼可能對別人說這種丟臉的話……再說，說聲想要就能拿到的巧克力，哪有什麼價值？」

才剛說完，小町立刻白我一眼。

「照哥哥這樣說，不就表示小町給的巧克力沒什麼價值……」

「……嗯？啊，不……不是這樣的。小町的巧克力是特別的。小町最棒最可愛，小町小町得第一。」

「真的很沒原則耶，這個廢物哥哥。」

小町受不了似的深深嘆氣。

「……不過，如果是讓哥哥這種不會掩飾自己的人收下巧克力，感覺也有點高興。」

說完，小町露出遠比平時成熟的微笑。她把手撐在桌上，托住臉頰偏向一邊，抬起眼睛看過來，眼神既直率又溫暖。

那視線讓我有些難為情，猛然吐出一口氣，別開視線。小町好像也有些害羞，故意咧嘴一笑。

「──嘿嘿，這句話有幫小町加分嗎？」

「反而是扣分吧……」

甜膩膩的咖啡失去熱度，我皺著臉一飲而盡。因為實在太甜，我忍不住揚起嘴角。

小町也一口氣喝完咖啡，「嘿咻」一聲站起身。

「好啦，差不多該睡了。」

「嗯，快去睡吧。」

她晃著空罐，丟進廚房的垃圾桶。當她走到客廳門口時，小雪突然醒來，跟了上去。

「喔，小雪。要一起睡嗎？」

小雪沒有用叫聲回答，而是用頭在小町的腿上磨蹭。小町露出滿足的微笑，抱起小雪，將手伸向門把。

我從背後叫住她。

「小町。」

「什麼事？」

她握著門把，轉過身體。

的房間。

「我會幫妳打氣。晚安。」

「嗯，謝謝。小町會加油。晚安。」

雖然小町僅簡短回應，她臉上的笑容相當沉著。小町重新抱好小雪，走回自己的房間。

目送她走出客廳後，我將雙手枕在腦後，直接倒向地板。

「不掩飾自己啊……」

雖然小町這麼描述我，現在的我卻無法懷著自信加以肯定。

我不會積極地接近對方，也不會主動拉開距離。

一直以來，我總是明確劃清界線，毫不隱瞞地掩飾，讓自己比平時更遲鈍，不胡思亂想，努力扮演精明的觀察者這種連自己都覺得極為卑鄙的角色。

為了不將心中的那種不自然視為不自然，我總是刻意保持距離。

這只是純粹為了讓自己不犯錯。我很清楚這不是唯一的正確解答。然而，我卻不斷地勉強自己去接受。

所以，我才會被那個人看穿。

心中再次響起譴責的聲音。

你這樣還算是比企谷八幡嗎？

難道這就是你想要的東西？

吵死了，混帳！

一點都不瞭解我的傢伙，少在那邊亂講話。

給我閉嘴！

結果，之後的我再也說不出話。

Interlude
@結衣的房間
Yui
Yuigahama

「小雪乃……妳睡了嗎？」

「……還沒。」

「……小雪乃，妳想怎麼做？」

「我……」

「我有想做的事喔。我已經決定了。」

Interlude
@結衣的房間

「明天，要不要去約會？」

「……什麼？」

Yukino
Yukinoshita

8 無論何時，由比濱結衣的眼神都一樣溫柔

這一天難得下起雪來。

千葉不常下雪。從日本海飄過來的含水雲層，會被如背脊般縱貫本州的眾多山脈擋下，在那些地方下雪。而坐落在太平洋側，又位於平地的千葉，經常只有乾燥的風吹過。

話雖如此，這裡偶爾還是會在奇妙的時刻下雪。在我十七年的經驗中，就曾經在元旦、成人之日和三月底突然下起大雪。

不巧的是，這次下起雪的時候，正好是小町上考場的日子。

幸好這次的風雪不大，只有花瓣般的雪花輕輕飄落。

小町穿著平常的制服和大衣，圍上圍巾戴上手套，腳底套著長靴，做好完全準備才走出家門。雖然距離考試開始仍有一段時間，考慮到今天的交通可能會很擁

擠，最好還是提早出門。

「准考證帶了沒？橡皮擦、手帕跟五角鉛筆呢？」

五角鉛筆是我家老爸為了祈求小町考試順利，去參拜天神時買回來的東西，其剖面呈五角形，除此之外，便跟普通鉛筆一樣。老實說，我覺得普通鉛筆還比較好寫。不少考生會在這種鉛筆的五個面寫上A到E或一到五等記號，遇到不會的選擇題時，便一邊祈禱，一邊滾動這種鉛筆。這種鉛筆的存在意義，可以說就是用來滾動。

小町迅速地檢查最後一遍書包，精神飽滿地點了點頭，然後撐起雨傘向我敬禮。

「沒問題！那哥哥……小町出發了！」

「喔，慢走。小心別跌倒喔。」

「遵命。嗚嗚……好冷。sin、cos、tan……啊，這個不會考……」

小町的身體瑟縮了一下。接著，她哼著奇怪的口訣邁開腳步。我目送著她的背影，突然感到有些不安。那傢伙沒問題嗎……？應該不會因為用功過度，而變得異常亢奮吧……

總之，考試的日子終於到了。

事到如今，臨陣磨槍已經沒有意義。雖然世紀末短期之內不會來臨，但不管如何掙扎，考試日和截稿日還是會到來。

現在我能為她做的事情，只剩下祈禱而已。我不禁仰望天空。

低垂的厚重雲層完全沒有放晴的跡象，雪花不斷地從天空靜靜飄落。看樣子，這場雪會下個一整天。

我打了個冷顫，踏出一步準備回到屋裡。就在這時，身上的某樣東西震動了一下。

我將手伸進發出震動的口袋，原來是手機在響。畫面上顯示著「★☆結衣☆★」，是由比濱打來的。從以前她幫我登錄號碼時，就一直都是這個名稱，從來不曾改變。

我為了該不該接電話而猶豫了幾秒，但對方遲遲不掛斷電話，手機依然震動個不停。最後我終於認輸，按下通話鈕，把手機拿到耳邊。

「……喂？」

話一出口，聽筒立刻傳來開朗的聲音。

『自閉男，我們去約會吧！』

「……啥？」

這種連招呼都省去，開門見山的做法完全超乎我的預料。我不由得發出連自己都覺得可笑的尖銳嗓音。

× × ×

在那通電話之後，我慢吞吞地準備出門。

我在出門前用手機確認交通資訊，待會兒的搭車路線已經不再那麼壅塞，至少不用擔心到不了集合地點。

事實上，關東的交通系統一碰到雪，便很容易癱瘓。

再加上千葉縣邊境還有江戶川和利根川，一旦這些河流上的橋無法通行，這裡就會變成貨真價實的孤島，而不只是陸上孤島。屆時千葉恐怕會直接宣布獨立。

走出屋外，天色還是沒有改變，柏油路上像是結霜一樣開始積雪。

雖然積雪還不足以妨礙步行，卻變得像是冰沙，讓人容易不小心滑倒。我沿著車輪駛過的痕跡和前人的足跡前進，緩緩走向公車站牌。

從公車轉搭電車後沒多久，便能望見大海。

窗外的雪由右往左飛逝而過。太陽已經升到一定的高度，讓灰色的陰沉天空泛著白光。

沿著海岸行駛的路線頗為擁擠。不過，這不是因為天候不佳。每當有活動時，這條路線通常都會擠滿乘客。特別是當幕張展覽館舉辦遊戲展或車展，或是東京國際展示場舉辦COMIKE、新木場有演唱會時，更是人滿為患。

最重要的是，在這條路線上，可是有著全國最大的遊樂設施——得士尼度假區——簡稱ＴＤＲ——這個大站。

而且別忘了，今天可是情人節。

即使飄著雪，遊客依然絡繹不絕。我聽著同一輛電車內的情侶對話，幾乎每個人都覺得這樣很浪漫，對今天下的雪大表歡迎。

以情人節的約會而言，這樣的情境確實無可挑剔。

過了一陣子，白色的城堡和冒煙的火山開始映入眼簾，車內廣播發出進站通知，車體緩緩減速。

電車笨重地搖晃幾下後完全停止，車門隨著噴氣聲打開。

寒冷的空氣和雪花吹進車內，車上的情侶也迫不及待地下車。

接著，關門的鈴聲響起。這是這一站所特有，改編自得士尼音樂的發車旋律。

我聽著這個鈴聲，在人數大減的車內倚靠著車門。白色城堡和火山逐漸消失在視野的左側，離我越來越遠。

今天我要前往的車站，並不是這一站。

我曾經想過，我們總有一天會一起來這裡玩。但這個目標始終沒有實現。

這個算不上約定的約定，稍微改變了當初說好時的姿態，即將在今天實現。

我們重新訂下的集合地點，位在下一個車站。

電車行駛過大橋，跨越千葉縣邊界的河川後，便能看見巨大的摩天輪。我記得那被譽為日本最大的摩天輪。

我想起今天早上的那通電話。我之所以沒能拒絕突如其來的邀請，並不單純因為困惑與驚訝。再說，最先提出邀請的人正是我。只不過，這件事一直被不斷擱置罷了。

我沒有理由拒絕。

不過，我的心中忽然浮現疑惑——這樣真的好嗎？

當我思考著這個問題時，電車開始放慢速度，無視我的意願，在一次強烈的震動後停了下來。

× × ×

走出剪票口後，大摩天輪立刻出現在眼前。

這座摩天輪無愧於日本最大的稱號，我從車站前方的噴水廣場即可清楚看見。近距離下的魄力更不是蓋的。即使在滿天飛雪之中，它還是悠然地轉動著。

我看著大摩天輪，踏出腳步。

小時候曾經跟家人一起來過這裡，所以我不至於找不到路。我照著當時的記憶和導覽板上的指示，趕往目的地。

沿著通往海邊的主要道路前進一段時間後，總算在左手邊看到一座巨蛋型的建築物。那棟建築物的下方是水族館的入口大廳，也就是今天的集合地點。

進入屋簷後，我收起雨傘，掃視一下四周。因為今天不是假日，參觀人數比較少，我才得以馬上找到身穿藍色大衣的由比濱。

「自閉男！」

由比濱大概是搭乘前一班電車來。她一發現我正走過去，便呼喊我的名字，緩緩揮動手上的淡粉紅色透明雨傘。

我向她點頭，小跑步過去。

但是下一秒，我的雙腿突然停下。

「……啊。」

我注意到她的身後，出現一件輕輕翻飛的灰色大衣。

身影正好被由比濱擋住的另一名少女轉頭看向我，驚訝地睜大雙眼。

「比企谷同學……」

那名少女正是雪之下雪乃。她怎麼會出現在這裡？我一邊感到訝異，一邊走到兩人面前。

「雪之下也來了啊……」

我特地說出一看就知道的事情。我沒辦法理解目前的狀況。雪之下似乎也是一樣。

雪之下不太自在地轉過身體，瞥了由比濱一眼，然後委婉地說：

「那個……如果打擾到你們的話，那我就先回去了……」

「沒關係！三個人一起去玩吧！」

由比濱拉住正準備離去的雪之下，以及我的袖子。

她使勁把我們的手拉到自己胸前，低下頭說：

「我想要，大家一起玩……」

她的聲音小到幾乎要消失。

我無法從她低垂的臉龐窺見表情。可是，她充滿希冀的聲音，已經充分傳達一切。

我和雪之下啞口無言，轉頭看向彼此。

雪之下依舊顯得迷惘，她略顯困惑地輕輕吐氣。由比濱察覺到她的反應，抬起頭，用溫柔的眼神看向她。雪之下再次輕聲嘆氣，並且點了點頭。

然後，由比濱看向我。

既然她們兩人都同意，那我也沒有意見。

只不過，我想問清楚一件事。但我不敢直視由比濱，稍微別開了視線。事到如今才說這種話真的很遜，我費了好一番功夫，才勉強擠出這句話：

「……確定要，這裡嗎？」

「我想要在這裡。」

由比濱毫不猶豫地回答。她沒有別開視線，筆直注視著我，表情甚至有點迫切。

我的問題並非只有一種意義，她的回答可能也不是只有一種意義。不，這可難說。搞不好她其實沒有其他的意思。

不管怎麼樣，既然由比濱如此期望，我便沒有理由拒絕。

「是嗎……」

「嗯！這裡的話就算下雪也無所謂！這裡很適合大家一起來玩！」

由比濱得意地挺起胸脯。如她所說，這裡確實比較適合大家一起遊玩。若換成那個地方，三個人不好一起行動。所以，說不定我實現約定的日子，總有一天會到來。

「那走吧。」

至於今天，就先大家一起玩吧。

× × ×

走進剛才在外面看到的玻璃巨蛋後，我才發現陽光有多麼耀眼。即便天空如此陰沉，由大量玻璃組合而成的巨蛋，照樣能夠聚集陽光。再加上挑高的天花板，更是顯得明亮。

另一方面，在通往水族館的漫長電扶梯上，則是越往下方前進，就變得越昏暗。逐漸遠離地上陽光的過程，有點像是電影開演前的放映廳，讓人心中充滿期待。在漫長手扶梯的終點，有一個如同巨大銀幕的水槽。

真是壯觀啊——當我注視著水槽，暗自讚嘆時，由比濱快步衝了出去。

「鯊魚！」

正如由比濱所說，水槽裡有鯊魚。那是一種叫作烏翅真鯊的鯊魚。貨真價實的鯊魚。鯊——很——大——

除此之外，這個水槽裡還有鯛魚和比目魚……更正，是魟魚和沙丁魚游來游去。由比濱開心地觀賞水槽，拿著手機拍個不停。

然後，她笑著看向旁邊，再次指著水槽說：

「鯊魚！」

「……鯊魚。」

終於跟上來的雪之下，一臉困惑地看著由比濱，聲音聽起來有些無奈。

由比濱也傷腦筋似的笑了兩聲，輕撫頭上的丸子，整個人貼到雪之下身上。

「小雪乃，瞞著妳是我不好。拜託妳開心點嘛～」

「就算妳這麼說，我也……」

在兩人對話的同時，我也來到水槽前方。

不用由比濱說我也看得出來，那是貨真價實的鯊魚。鯊魚好帥啊……當我望著水槽出神時，一隻特別悠閒且優雅的生物，突然進入我的視線。

那是路氏雙髻鯊。多虧那獨特的姿態，就算不看解說板，我也知道牠的名字。

身為一個男生，小時候肯定迷上過鯊魚。

正確來說，是肯定有過沉迷於恐龍和海洋圖鑑的時期。我叫比企谷八幡，今年三歲，最喜歡的恐龍是三觭龍，最喜歡的深海魚是太平洋桶眼魚——每個男孩子都有過一段時期，喜歡這麼自我介紹。

我緊盯著水槽，忍不住低呼一聲。現在的我好比廣告裡的那名少年，盯著櫥窗裡的小喇叭不放。Tutti! 我完全著迷了。

「喔喔，是錘頭鯊……問一下，這裡可以拍照嗎？」

我指著鯊魚，詢問身旁的由比濱。由比濱露出大姐姐般的表情點頭。哇，可以拍照耶……

當我忙著拍照時，眼角餘光瞥見由比濱走向雪之下，在她耳邊說起悄悄話。

「看吧，他也玩得很開心。」

「唉……」

雪之下無奈地嘆了口氣。接著，我便沒有再聽到她們的低聲對話。這陣奇妙的沉默讓我有些在意，忍不住看了過去，結果和按住太陽穴，盯著這裡的雪之下四目相對。

「……怎、怎麼了嗎？」

她的神情相當專注，我不禁侷促起來。她撥開垂在肩膀上的頭髮，露出帶些嘲弄的笑意。

「沒事，只是覺得有些意外……我幫你跟鯊魚一起拍張照吧。」

說完，她向我伸出手。看來只要把手機給她，我就能跟路氏雙髻鯊拍張紀念照片了。

「真的嗎？那我要回去跟小町炫耀。」

我接受她的好意，小心翼翼地不按到螢幕，把手機拿給雪之下。

「我要鎚頭鯊喔。鎚頭鯊過來時就按下快門。可以的話，最好是抓能清楚看到鎚頭側面的角度。」

「你的要求還真多……」

雪之下輕輕皺眉，但還是一連挑戰了好幾次這項攝影任務。由比濱笑咪咪地站在旁邊，不知道在高興什麼。

「這樣如何？」

我接過手機一看，照片中的鎚頭鯊角度絕佳，彷彿要一口把我吞下去。

「喔喔……拍得真不錯。」

「是嗎？那就好。」

雪之下似乎放下心來，略顯疲倦地鬆了口氣。由比濱勾住雪之下的手，輕輕拉了兩下。

「那我們去下個地方吧！」

「……嗯。」

雪之下回以微笑後，隨著由比濱邁開腳步。儘管她起初還一副不情願的樣子，現在好像也開始對這趟水族館之行感興趣了。

我依依不捨地向鎚頭鯊告別，跟著她們前往下一站。

× × ×

因為今天不是假日，水族館裡的遊客有點稀疏。

我們途中遇到的都是老夫妻、悠閒的情侶、帶著嬰兒的夫妻，以及年輕女性等，不會吵吵鬧鬧的遊客。

如果是假日的話，這裡想必會被小朋友和家族出遊的遊客擠得水洩不通吧。

昏暗的空間內，浮現著幾座明亮的水槽。在這個宛如放映廳集中在一起的空間裡，任何人都會自然而然地壓低音量。

我們也是一樣，在太平洋黑鮪魚的巨大水槽前，只是發出感嘆的聲音；來到以「世界之海」為題，劃分為好幾個區域的其中一組水槽我們也被這些光鮮亮麗的南洋魚深深吸引。

每當我們見識到大自然的壯觀、魄力和美麗，往往只說得出「好厲害」、「真漂亮」、「好像很好吃」之類的感想。等等，好像很好吃是怎樣……

不過，當然也有例外。

我們經過某種魚的水槽時，由比濱突然停住腳步。我和雪之下也跟著停下。

乍看之下，那個水槽既昏暗又俗氣，跟周圍的其他水槽比起來，欠缺幾分華麗。裡面完全沒有照明，堆積在底部的泥土上，孤零零地豎著細木頭。某種看起來呆呆的魚，在裡面有氣無力地游動。不對，游動這種說法似乎不太正確。那種魚不太活動，比較像在水裡飄浮。

「哇啊……好噁心……」

由比濱不經意地吐露感想，然後看向解說板。

「好像叫做鉤頭魚。」

「棲息在渾濁的河川裡，不太游動……嗯？」

雪之下閱讀解說到一半，偷偷瞄過來一眼。這傢伙為什麼要看我？我也將視線移向解說板，發現說明還沒結束。喔……當蝦子之類的獵物從面前游過時，會瞬間張嘴吃掉啊……

「真是理想的生活方式……」

「居然產生共鳴了！」

我下意識地說出感想，由比濱大感錯愕，雪之下也啞然失笑。

「這麼說來，這種魚的確很像某人呢，比企魚同學。」

「一點都不像，名字更不像……」

為什麼她要對我露出笑容……不過，鉤頭魚的別名似乎是育兒魚。大概是這種魚會保護孩子的意思吧。不過看牠的那種習性，如果別名改成「自閉魚」，倒也不是完全不像我……不對，我也很擅長照顧小孩子啊。小孩子真是太棒了！

我跟雪之下兩人繼續你一言、我一語，由比濱則早已把我們拋到一旁，探出身體凝視水槽。她一臉陶醉地偷笑兩聲，開心地說：

「哇……真的好噁心……」

「別說人家噁心啦，牠也活得很努力耶。」

大家同樣都是地球號太空船的同伴。還有，為什麼這個傢伙一副興高采烈的樣子……

由比濱繼續盯著鉤頭魚看，雪之下也在她身旁蹲下，互相分享「很噁心吧」「真的不太好看」之類的感想。

忽然間，由比濱的嘴角泛起笑意。

「不過……又覺得有點可愛。」

「先不管可不可愛，至少看起來挺順眼的。」

說完，雪之下和由比濱相視一笑。

「先前被說噁心的時候，就已經跟可愛沾不上邊了吧……」

更何況，鉤頭魚的長相還真的亂噁心一把。說這種魚可愛的人，是腦袋有問題嗎？

真搞不懂女孩子的審美觀。還是說，這好比女孩子去聯誼或介紹朋友時，對男生說的那種「舉止很可愛」或「髮型很可愛」或「聲音很可愛」之類，拐彎抹角暗示別人不可愛的話？我在網路上見過這樣的說法。

不是我在說，常常有人告誡，女孩子口中的「可愛」根本不能相信。

× × ×

河豚、小丑魚、海馬、葉形海龍、臉在左邊的比目魚、臉在右邊的鰈魚，最後是白帶魚和海百合……

一路上，我們從全世界的各大海洋看到深海的各種魚類，沿著通道來到外面。

因為長時間待在昏暗的空間裡，就算天空陰沉，陽光對我們而言依然耀眼。通過自動門來到外廊後，寒冷的海風輕輕撫過臉頰，鹹溼的海水氣息同時鑽進鼻孔。

這裡似乎是重現潮間帶的地方，展示著許多螃蟹、藤壺和海星之類的海邊生物。

我們繼續前進，走出屋簷，來到能夠仰望天空的地方。

雪勢還算穩定，現在大概只算飄著細雪。只不過，最近的天氣似乎受到寒流影響，變得不太穩定，所以無法確定之後會變得如何。不管怎麼樣，反正現在還是下午，應該還不用擔心天候。

「啊，那裡好像有很多人耶。」

當我忙著擔心天氣時，帶頭的由比濱回過頭，伸手指向前方。我順著她的手看過去，前面聚集著一群人，開心地大聲喧譁。

「去看看吧。」

說完，我們走向那看起來頗受歡迎的景點。那裡有一個沿著外側通道橫向延伸、類似小型游泳池的水槽。不同於其他水槽，這個水槽沒有加蓋，水面直接暴露在空氣中。

我看向牆壁上的解說板，上面寫著「請用兩指輕撫」。看來這裡是可以觸摸海洋生物的體驗區。

我往水槽探出頭，看看能跟什麼樣的海洋生物近距離接觸。

是鯊魚。

又是鯊魚。

小型的鯊魚和魟魚在水槽內悠游。我看向解說板，上面寫著狗鯊、貓鯊、赤魟和星魟。

「你看，是狗鯊耶！」

由比濱興奮地拍著我的手臂，對那些狗鯊目不轉睛，然後伸出手指戳了幾下。狗鯊沒有什麼反應，乖乖地任她觸摸。沒多久後，由比濱像是理解了什麼，輕輕點頭。

「……有點像酥餅耶！」

哪裡像？有點茶色的外表嗎？我一點都不覺得像狗耶，妳的腦袋還好吧？再說，要是長得像這種東西，妳要不要回去檢查一下家裡那隻真的是狗嗎？會不會是跟鯊魚搞錯了？

可是，為什麼這傢伙要叫狗鯊呢……我歪起頭左思右想，遲遲得不到什麼答案。某人似乎也抱持同樣的疑惑。

一旁的雪之下托著下巴，全神貫注地觀察貓鯊。

貓鯊的身體比狗鯊小上一兩圈，身上還有獨特的條紋，很容易就能辨認。

「貓鯊……」

雪之下小聲呢喃，仔細看著正在游泳的貓鯊。

「真令人費解……到底是哪裡像貓……既然會取這個名字，那牠身上肯定有類似的地方……」

看來只要是名字裡有貓的東西，都會提起她的興趣。真不愧是究極愛貓人，哪天喵星人正式占領地球的話，牠們肯定不會虧待妳的。

雪之下下定決心，捲起袖子，興奮地將手伸向貓鯊，撫摸牠好一陣子，然後露出滿足的微笑。

「……摸起來有點像貓咪的舌頭。」

「那不過是鯊魚皮的觸感罷了。」

雖然我這麼吐槽，但雪之下完全沒聽進去，繼續專心地撫摸貓鯊。

「貓……貓鯊……貓……喵……不，應該是沙才對……」

「我覺得鯊魚的叫聲應該不是沙……」

再說，鯊魚根本不會叫……大概吧。當我想著這種無聊事時，由比濱好像找到新目標，兩隻手在水中摸來摸去。

「啊，還有魟魚！」

由比濱吆喝一聲，把手伸了出去。

「呀啊！」

但她立刻發出慘叫，趕緊把手指縮回來。

「我的手滑了一下！好滑喔！」

雪之下聽到她快要哭出來的聲音，瞬間從滿腦子的貓鯊回過神來，跑到她的身旁，擔心地問：

「妳摸到什麼了？比企谷同學嗎？最好趕快去洗手。」

等等，別把別人當成魟魚好嗎？我可不會分泌黏液喔。啊，不過只要碰到女孩子，我幾乎百分之百會狂流手汗，所以可能跟魟魚有幾分相像。萬一女生們碰到我，千萬要記得洗手喔！

不過，能夠摸到鯊魚和魟魚的機會並不多，於是我也捲起袖子，用手指在狗鯊、貓鯊和魟魚身上盡情撫摸。

當我享受著粗糙和滑溜的雙重感觸時，身旁的由比濱把手收回去，然後用溫柔的眼神看著這些鯊魚。

「怎麼？妳摸夠了嗎？」

「嗯，要是摸太久，牠們也會累啊。」

「是嗎？這種想法真有妳的風格。」

我忍不住笑了出來。對於這些動物來說，一直被人類摸來摸去，應該也會累積不少壓力吧。家裡那隻貓被我摸時，也會揮舞貓拳反擊。她這種替別人著想的地方，讓我很有好感。

我只是懷著這樣的想法，說出這句話。但是，由比濱的身體抖了一下，將視線移向下方。

「……『我的風格』，是什麼意思呢？」

我也看向由比濱注視的地方。雪花輕輕飄落，在水面上掀起波紋。由比濱緩緩抬頭看向我。

「……我沒有你想的那麼善良喔。」

她的雙眼蕩漾著告別般的虛幻笑意，這句低喃聽起來像是自言自語。

我聽到這句話的瞬間，差點忘記要呼吸。

我到底是憑藉什麼，說出「真有由比濱結衣的風格」這種話？

那種不對勁感覺再次湧上心頭，胸口也開始產生騷動。我懷疑自己看漏了某件重要的事情，心中滿是焦躁，使勁握緊拳頭。

儘管如此，我還是必須說些什麼。雖然這麼想，但即使張開嘴巴，我還是說不出正確答案。看到我不斷顫抖的嘴脣，由比濱露出寂寞的微笑，微微垂下視線。

話語都消失後，周圍的聲音變得更大了。

在此之中，突然響起一道尖銳的叫聲。

由比濱聽到這聲音，猛然抬起頭，迅速站了起來。

「啊，是企鵝！我們快去看吧！」

由比濱精神十足地說道。我看向雪之下，她正茫然看著這裡，但是很快便回過神來。不過，她似乎很在意我和由比濱，視線在我們之間來來去去。

「走吧？」

「啊……嗯……走吧。」

在由比濱帶著光彩的眼神下，雪之下回以無力的微笑。難道她聽到我們剛才的對話了嗎？她大概是在無意間，注意到由比濱剛才的那副表情。

由比濱拉起雪之下的手，踩著輕快的腳步，往岩山前進。

她的背影和格外高昂的興致，如同在暗示「剛才的話題到此為止」，也像是在說「現在先三個人一起玩個過癮吧」。

我輕輕呼了口氣，重新轉換心情，然後跟上她們的腳步。

×　×　×

走了一段距離後，眼前出現一大片荒涼的岩山。

為數眾多的企鵝在上面叫個不停，有些撲通一聲跳進游泳池裡，有些窩在岩石的陰影底下取暖。

「哇──好可愛！」

「……是啊。」

由比濱一邊尖叫一邊瘋狂拍照，雪之下在她身旁淺淺微笑，也按了幾次快門。

話雖如此，我也被那流線外型、卻又圓滾滾的身體，以及水汪汪的眼睛，還有企鵝先生果然超受女生歡迎。搖來晃去的走路模樣迷得神魂顛倒。

「哇塞那也未免太可愛了吧……一定要傳張照片給小町看看……」

我盡可能貼近柵欄，拿起手機不斷拍照。

就在這時，我靈光一現。

只要在小町考完後讓她看這些照片，她肯定會吵著也要來。這個時候，只要我順勢邀請一下，小町肯定會輕易答應。這樣一來，我就能光明正大地跟妹妹約會了！蠕呼呼呼呼呼。

我的邪惡計畫構思到一半，由比濱和雪之下已經繼續前進。哇，糟糕，會被丟下！

照片拍得差不多後，我趕緊跟上由比濱和雪之下的腳步。她們沿著通道，走下通往半地下的樓梯。

除了一般的參觀路線之外，企鵝區還有一個緊貼著巨大水池的空間，讓遊客就近觀察企鵝游泳的模樣。

不同於陸地上的遲鈍模樣，水中的企鵝們展現完全不一樣的姿態。

牠們在水中靈活地轉換方向，像是在飛行般，以驚人的速度游來游去。

由比濱發出讚嘆，不時拉扯雪之下的衣袖。

「啊，好厲害好厲害！牠們在游泳耶！這樣一看，企鵝就跟鳥一樣耶！」

「……企鵝本來就是鳥。」

雪之下用空出的手按住腦門，一副頭痛的模樣，不耐煩地說道。被吐槽的由比濱呆呆地半張著嘴，但很快就回過神來。

「……咦？這、這我當然知道！」

由比濱趕緊補充，雪之下露出溫柔的微笑，我也忍不住苦笑。不過，我也不是不能理解她的心情。

充分欣賞過企鵝們華麗的泳姿後，我們爬上樓梯，離開半地下空間。

從這裡可以清楚看見漢波德企鵝爬上岩山，聚集在一起的模樣。

我注意到其中兩隻企鵝，正親密地互相依偎，幫彼此整理羽毛，還不時叫個幾聲。

我看著牠們，心中湧起些許暖意，接著再看向前面的解說板。過沒多久，雪之下和由比濱也好奇地湊過來看個仔細。我後退半步讓出空間，繼續閱讀解說板上的說明。

從上面的解說看來，那對依偎在一起的企鵝似乎是夫妻。據說人工飼育的漢波德企鵝，只要其中一方活著，牠們都會一直和同樣的伴侶在一起。

我們再次看向那兩隻企鵝。忽然間，站在前面的雪之下肩膀一抖，倒抽了一口氣，然後快步離開原地。

「怎麼了嗎？」

雪之下慌張的腳步讓我頗為在意，而出聲問道。她半轉過身簡短回答：

「……我到裡面等你們。」

接著，她頭也不回地往水族館折返。

企鵝區位在戶外。考慮到天候狀況，也差不多該回到館內了。

我回過頭，準備告訴由比濱該動身了。不過，她依然瞇著雙眼，用溫柔的眼神注視著那兩隻企鵝。

「……差不多該走了吧？」

「啊，嗯……我再看一下……啊，還得幫那隻小的拍照！我拍好馬上過去。」

她指向小藍企鵝所在的方向，拿起手機給我看，然後再次轉頭看向漢波德企鵝。她沒有使用手中的手機，只是緊緊握著不放。

「……這樣啊。」

看到她這副模樣，我也不敢再多說什麼。我簡單回答一句後，便先一步走向室內。

兩隻企鵝的叫聲從身後傳來，聽起來好像有些悲傷。

× × ×

也許是因為一直待在外面，一進到建築物之中，我立刻因為溫暖而吁了口氣。

我從企鵝區沿著通道前進，走下樓梯回到大廳。

那裡有一個大上一號的水槽。解說板上寫著「海藻森林」，就算站在遠處，也能看見名為大葉囊藻的巨大海藻，伸出長長的葉子，在水中輕輕搖蕩。

除了淡褐色的海藻，昏暗的大廳裡還有紅色和綠色的海葵和珊瑚，在光線的照射下發出鮮豔的光芒。

水槽前面還特地準備了長椅，就像是一座小型電影院。可是，現在沒人坐在長椅上，大廳裡空蕩無人。

不過，從水槽對面透過來的光芒，淡淡地映照出玻璃前方的人影。

我不可能認錯那個背影。

是雪之下雪乃。

她靜靜佇立在水槽的微弱燈光下，美得像是一幅畫。我沒辦法出聲叫她，無法吐出的氣息塞滿胸口，我只能停下腳步。

雪之下注意到背後的腳步聲消失，回頭看了過來。她向我微微點頭，我總算得以再次踏出步伐。

「由比濱同學呢？」

雪之下的視線停留在水槽內，沒有看向走到身旁的我。

「在幫小藍企鵝拍照。她說她馬上就會過來，我們在這裡等她就行了。」

「是嗎……」

之後，我們就不再交談，只是默默地望著水槽。微弱的燈光灑在巨大的海藻上，五顏六色的魚在旁邊游來游去。

數不清的魚群，在輕輕擺動的大葉囊藻間穿梭。有著藍色鱗片的小魚躲在海藻間，鮮豔的紅色大魚則大大方方地游著。

雪之下望著那條魚，開口說道：

「……真是自由。」

「嗯？對啊，畢竟那條魚那麼大。」

雪之下的聲音很小，不像是在對別人說話，比較像是自言自語。只不過，我們大概都在看同一條魚，所以我自然而然地如此回答。

我聽到微弱的吐氣聲。

「沒有依靠的地方，就找不到自己的容身之處……只能躲藏起來，隨波逐流，跟隨別人的腳步……撞上看不見的牆壁。」

雪之下半舉起手，像是要觸摸玻璃，但又馬上無力地垂下。我從旁邊偷偷看向她，發現雪之下的雙眼沒有盯著任何東西，就只是看向前方。

「……妳說的是哪條魚？」

我不知道她在看哪裡，只好如此詢問。

雪之下沒有立刻回答，平靜地嘆了口氣。

「……我說的是我。」

說完，她微微把頭偏向一側，露出落寞的微笑，輕輕觸碰水槽。

她伸出手的模樣，宛如要被吸入大水槽，卻被牆壁擋住，沒辦法回到自己應該回去的地方。

此刻的她顯得是多麼虛幻脆弱，彷彿下一秒就會化為泡沫，消失無蹤。

寂靜的大廳裡沒有其他聲響。泡泡在水槽裡翻騰的聲音也被玻璃擋住，沒辦法傳到外面。

雪之下注視著水槽裡面，彷彿思念著那被隔絕的世界。當我默默看著這樣的她時，大廳裡響起一陣腳步聲。

回頭一看，由比濱正用平靜的眼神，注視著雪之下。她的表情無比溫柔，泫然欲泣。

「讓你們久等了！」

由比濱注意到我的反應，對這裡用力揮手，恢復一如往常的笑容，如此呼喊。

×　×　×

離開展示大葉囊藻的大廳後，室內立刻恢復光亮。

為了採光，牆壁的上半部全是玻璃，天花板也很高。地板上鋪的不是先前的黑布，而是奶油色的木板。

因此，由比濱精神十足的腳步聲，聽起來也更加輕快。

她似乎發現什麼，忽然停下腳步。

「啊，快來快來！」

她向我和雪之下招了招手。

由比濱要我們過去的地方，有幾個圓柱形的水槽。

這些水槽被打上粉紅色、紫色和水藍色的燈光，裡面有許多水母在漂浮。

由比濱抱住雪之下的手，兩人並肩望向水槽。有如小圓窗般的水槽，似乎不足以讓三個人一起看，於是我後退一步，探頭看向裡面。

「好像煙火喔……」

由比濱注視著微微擺動的水母，帶著懷念的語氣小聲呢喃。

「……會嗎？」

在我看來，水母就是水母，沒有哪個地方特別像煙火。我定睛細看時，由比濱回頭看過來，伸手指向水槽裡的一個地方。

「你看不出來？看，就像那隻，咻……碰……」

她指的地方有一隻水母，不斷地收縮又伸展星星形狀的身體。經她這麼一說，看起來還真的有點像煙火。

「啊，原來如此。張開圓形的地方時，的確有點像。」

聽到我這麼回答，由比濱輕輕搖頭，更進一步地將手指貼上玻璃。

「不是那隻，是這隻啦……」

她所指的是一隻位於水槽深處，有著長長觸手的水母。

那隻水母先將觸手縮起來，再一口氣伸展出去。在燈光的照耀之下，牠拖著閃閃發光的觸手前進，像是在水中飛濺的黃金瀑布。

我曾經看過那種煙火。

那是夏天時發生的事。在擠滿遊客的公園裡，好幾發特大號的星形煙火竄上天空，映照在大樓的玻璃上。我記得最後壓軸的就是黃金瀑布。煙火如金色的水流，在夜空留下久久不褪的光芒。

我看著水槽，回想當時的光景時，前面的由比濱把肩膀靠上雪之下。

「……好近。」

「嘿嘿……」

即使雪之下扭動身體，略顯困擾的樣子，由比濱也毫不在意。她把雪之下的手拉向自己，占據水槽前方的位置，然後透過玻璃窗上的影像，確認我有好好待在後面。

然後，她短暫地閉了一下眼睛。

「可以三個人一起來看，真是太好了……」

這句話聽起來，像是放心的嘆息聲。

我不可思議地對此感到贊同。雪之下也微微頷首。

雖然沒有說出口，我還是忍不住幻想著，三人此刻的心境，大概都相去不遠吧。

×　×　×

穿過明亮的迴廊後，我們來到設有餐廳和商店的大廳。往左邊繼續前進，便是戶外。看來這裡就是參觀通道的終點。只要爬上樓梯，就會回到大門口。

我看向大廳深處，如果在剛才的大廳往右轉，便會回到最先看到的鎚頭鯊水槽。換句話說，我們已經剛好繞完一圈。

「過關！」

由比濱活力十足地跳了起來，轉身看向我們。

「我們再繞一圈吧！」

「我才不要……再繞一圈是要做什麼？」

「是啊……我有點累了……」

雪之下跟由比濱正好相反，看起來有些疲憊。畢竟我們也走了好一段路，再加上她的體力原本就不好，也難怪會覺得累。

我看向由比濱，用眼神示意她體諒雪之下的狀態。結果，由比濱搔搔頭上的丸子，遺憾地看著剛才走過的地方。

「這樣啊……我覺得會很有趣的說……而且還有時間……」

由比濱邊說邊確認時間。就在這時，她似乎注意到某樣東西。

「啊！」

她大喊一聲，指向聳立在遠方的大摩天輪。

×　×　×

不愧是標榜國內最大的摩天輪，它的確相當巨大。

我拿出放在胸前口袋的搭乘券，上面寫著這座摩天輪直徑一百一十一公尺，高度一百一十七公尺。雖然我想不到具體的比喻來形容這樣的高度，如果硬要用一句話來形容，那就是「好高」，而且「好可怕」，可怕到讓我忍不住用兩句話來形容。

在由比濱的心血來潮下，我們沒有花太多時間排隊，便順利買到票，搭上摩天輪。

然後，恐懼感馬上攫住我的胸口。

仔細想想，我已經超過十年沒坐摩天輪了。沒想到這是這麼沒有安全感的東西，一股寒意從腳底竄上來。

隨著車廂不斷爬升，我感覺自己像是在經歷一場奇妙的冒險。每當有風吹過，車廂就會微微晃動，讓我深深感到生命的危險。

「好可怕……」

我不由得低聲說道。

然而，我之所以有辦法克制住，全是因為面前還有兩位女生，讓我勉強還能像個紳士般保持鎮靜。要是自己一個人來坐，我現在恐怕正抱著頭不斷發抖吧。

至於那兩位女生，則是並肩坐在我面前。

「哇！好高！好可怕！而且好晃！」

由比濱整個人貼在窗戶上，興奮得快要站起來，還開心地大聲吵鬧。拜此所賜，我剛才的低語也被她的聲音蓋過了。

另一方面，雪之下臉色蒼白，完全不敢看外面的風景，一直盯著腳邊。

「所以我剛剛才會問妳要不要放棄嘛。」

看到雪之下的樣子，我忍不住苦笑著說道。結果，雪之下輕輕瞪了我一眼。

「沒、沒問題……而且，大家都在。」

她一說完，立刻把臉別開。下一瞬間，她就看到下方的景色，發出一聲低呼，然後像是要求救般，將手伸向站著的由比濱，一把抓住她的手，硬是把她拉回座位上。

「由比濱同學。不可以在摩天輪上吵鬧，妳沒看到注意事項嗎？」

「小雪乃的眼神好可怕！對、對不起，我高興過頭了……」

「高興是無所謂，但還是要有分寸。」

由比濱面帶傻笑道歉，雪之下表情冰冷地如此告誡。但雪之下打死都不肯放開由比濱的手。

由比濱也注意到雪之下的舉動，輕輕握了回去，整個人靠向她，並且露出微笑。然後，她指向她們的右手邊。

「妳看那邊！小雪乃的家八成就在那附近。啊，再往妳那邊靠過去一點說不定就看到了。」

「……不用。在這裡就看得夠清楚了。」

雪之下依然不為所動。但是過了一會兒，她還是戰戰兢兢地看向窗外。

接著，滿足地發出讚嘆。

受到她的影響，我也用手托著臉頰，望向外面的景色。

眼前是下著雪的千葉黃昏。從雲間漏出的陽光，讓空中的結晶閃閃發光，上了一層薄薄白妝的城市，延伸到地平線的盡頭。

「真美……」

我點頭同意由比濱的話。我的感想跟她一模一樣。

「是啊，真不愧是我的千葉……」

「千葉什麼時候變成你的了？」

「我們現在算是在東京……」

「葛西這裡幾乎已經算千葉了吧。江戶川區根本不被當二十三區看。」

聽到我這麼說，由比濱輕笑兩聲，雪之下也露出無奈的微笑。然後，我們繼續飽覽窗外的美景。

一如往常的對話，一如往常的氣氛，我覺得這就是我們的風格。然而，我們也正處於極為不穩定的地方。

車廂通過最高處，開始往下降。

把不穩定的感覺隱藏起來緩緩轉動。沒有前進，就只是在同樣的地方轉個不停。

儘管如此，最後還是……

「……馬上就要結束了呢。」

她小聲呢喃。

9 春天於堆積的白雪之下聚結，吐露新芽

搭乘完摩天輪後，雪仍然沒有停下。

這場雪沒有大到需要撐傘，雪花不時隨風飄舞，反射出白色的光芒。公園的草皮上積了一層薄薄的白雪，默默地提醒著我們時間的腳步。

我們在公園裡的道路漫步，一路上沒有人開口。

由比濱走在前面，我和雪之下緊跟在後。

沒多久後，小徑接上從車站延伸過來的大馬路。在這裡左轉就能到車站，右轉則是通往海邊。

由比濱毫不猶豫地選擇右轉。

「喂……」

我出聲叫她，想問她打算去哪裡。由比濱回過頭，默默指向道路的前方。

前面有一棟牆壁都是玻璃的建築物，名字好像叫作「Cristal View」。那大概是可以眺望東京灣的觀景臺。

我看了一下時間，還沒到得急著回家的時候。

雪之下出聲催促停下腳步的我，邁開步伐追上在前面等待的由比濱。

我跟著她們兩人走了一段時間。

「我們走吧。」

觀景臺本身已經閉館，但外面的露臺還有開放。從那裡也能眺望東京灣。

雪花飄落在靜靜搖曳的大海上，夕陽從雲間探出頭來。

無色的雪白在淡紅與深藍之中熠熠生輝。

「喔喔——」

眼前的光景讓由比濱發出歡呼。走在她後面的雪之下也按住被風吹起的頭髮，用感慨的眼神望向遠方。

這裡沒有別人，眼前是一片大海，另一端的城市裡亮著稀稀落落的燈光。

這大概是只有這一瞬間才能看到的景色吧。

真是一段悠閒且平靜的時光。

正因如此，才無法持續太久。

由比濱縮回從露臺柵欄探出去的身體，回頭看向我們。

「接下來該怎麼辦呢？」

「當然是回家吧。」

「我不是這個意思……」

我半開玩笑地這麼說，由比濱靜靜地搖頭，真摯地說道。她往我和雪之下踏過來一步，筆直注視著我們。

「我是指小雪乃的事，還有我的事……我們三個人的事。」

對於這句突如其來的話語，我的心臟猛然一震。一直深藏在心中的不對勁感覺迅速現形，向我伸出獠牙。

「……什麼意思？」

雪之下猶豫了一下後，試著詢問這句話的意思。由比濱沒有回答這個問題，只是用認真的眼神看著她。

「自閉男，這是當時的謝禮。」

說完，由比濱從包包裡拿出某樣東西。她捧著的是一包包裝得漂漂亮亮的餅乾。

看到那包餅乾時，我聽到某人屏息的聲音。我的視線一隅瞥見雪之下握緊背包，微微搖頭。然後，她低頭垂下視線。

由比濱從雪之下的身旁走過，來到我的面前。

「還記得我的委託內容嗎？」

「……記得。」

我用幾乎不成聲的聲音回答。

我不可能忘記。因為那是我和侍奉社接到的第一個委託。結果，雖然當時被我用一些無聊的歪理蒙混過關，但那個委託根本算不上是成功解決。

儘管如此，由比濱還是靠著自己的力量，努力嘗試解決問題，並且展示出明確的成果。

由比濱拉起我不知所措的手，把餅乾塞了過來。我手上多了一股沉甸甸的重量。透明的包裝袋內，還是有一些形狀不太一致、有些地方烤焦或變色的餅乾，憑良心講，真的說不上好看。但是也因為如此，我能一眼看出這是她親手做的餅乾。

從這些餅乾的完成度，就能感受到不擅長料理的她，有多麼認真和努力。

雪之下茫然地望著我手中的餅乾，一邊吐氣一邊開口。

「這些手工餅乾……是妳一個人完成的？」

「雖然有些失敗就是了……」

由比濱難為情地笑著回答，雪之下輕輕搖頭，像是在告訴她「這不算是失敗」。

「由比濱同學。妳……真的很厲害。」

那聲音聽起來像是淡淡地渴望，又有點像是憧憬。雪之下瞇起眼睛注視著由比濱，由比濱回以開心的微笑。

「……我說過要自己做看看，還說要用自己的做法挑戰。這就是我的成果。」

由比濱結衣說出屬於她的答案。

「……所以，這只是單純的謝禮。」

說完，由比濱挺起胸脯，露出開朗的微笑。

如果要說當時的謝禮，那件事應該早就結束了。過去的事情已經處理完畢，畫下句點。事到如今，我不想再舊事重提。真要說謝禮的話，至今為止我已經從她的身上得到太多。所以，現在收下當時那件事的謝禮，在道理上說不過去。

當初充滿錯誤的開端，早已好好地了結，然後重新開始了才對。既然如此，那深藏在其中的意念和答案，說不定也會改變。

假如……只是假如……假如這份意念有著某種特別的意義……

我沒有從由比濱身上移開視線，努力從喉嚨擠出聲音。

「……我早已收過妳的謝禮了。」

我並非要確認這是否真的為謝禮。儘管如此，我還是無法把這當成單純的謝禮，什麼都不想就乖乖收下。

話才剛說出口，我便立刻後悔。因為我看到眼前的由比濱，露出快要哭出來的表情。

「就算是這樣……也只是單純的謝禮喔？」

由比濱拚命壓抑住聲音內的感情，輕咬下脣，表情扭曲起來。然後，為了隱藏眼角的光芒，她轉身背對著我。

「所有的一切我都想要。現在是，以後也是。我好狡猾，我是個卑鄙的女生。」

她以略帶鬧彆扭的語氣，朝向天空這麼說著。在我聽來，那是不需要回答，也不允許反駁的獨白。所以我只能看著她的背影，仔細聆聽她的字字句句。

話說完後，由比濱吐出一口白煙，看著白煙溶入空氣。

然後，她回過頭來，筆直注視著我們。

「我已經下定決心了。」

她的雙眼不再溼潤，眼神展現出強烈的決心。

「是嗎……」

雪之下像是看開了般小聲呢喃，我連毫無意義的話都說不出來。由比濱對我們露出有些寂寞的笑容。

「如果知道了彼此的想法，大家可能就沒辦法繼續保持這樣的關係……所以，這大概是最後的委託了。我們最後的委託，就是我們自己。」

她沒有說出任何具體的事情。因為一旦說出口，就將無法挽回。所以，她巧妙地避開了這件事。

她故意說得曖昧不明，也沒有為那件事實命名。因此，我和由比濱和雪之下所認為的事實，未必完全一樣。

不過，唯有「大家沒辦法繼續維持這樣」這句話，恐怕是真的。

這正是我心中一直抱持的疑惑，由比濱也深有同感。

然後，另一位當事者——

雪之下閉著眼睛，低頭不語。雖然看不見表情，但她沒有反駁，也沒有多問，就只是默默聆聽。我想，雪之下八成也有同樣的感覺。

「小雪乃。之前的那個比賽還在繼續吧？」

「嗯。輸家必須聽贏家的任何要求……」

對於突如其來的提問，雪之下略顯不解地回答。由比濱聽了，輕輕碰觸雪之下的手，用開朗的聲音，面對她說：

「小雪乃現在面對的問題，我知道答案。」

她緩緩撫摸雪之下的手。

雪之下面對的問題，一直存在於她的一舉一動，以及話語之中。

最重要的是，雪之下陽乃的確也說過，現在的雪之下雪乃不知道自己該怎麼做。她到底是指什麼事情？是母親的事？姐姐的事？還是現在這種關係？可能是其中之一，也可能全部都是。

「我……」

雪之下無力地垂下頭，用快要消失的聲音說著「我不懂」，似乎真的相當煩惱。

由比濱溫柔地點頭，放開雪之下的手。

「我想……那大概也是我們的答案。」

結果我們還是不懂。我跟她都一樣。

有些事情一旦完全理解，就會毀壞殆盡。即便一直視而不見，也會慢慢腐敗。

所以無論如何，都有結束的一天，失去也是無法避免的結局。

那就是在我們的前方等待著的答案。

由比濱頓了一下，輕輕搖了搖頭。然後，筆直注視著我和雪之下。

「所以……如果我贏了，我會收下一切。雖然這樣可能很卑鄙……但我只能想到這種方法……我想一直維持現在這樣。」

所以，由比濱無視所有的假設、條件和方程式，直接先公布答案——也就是那唯一的結論。

就算那是不管經過什麼樣的過程，不管未來遇到什麼樣的狀況，都絕對不可能成立的等式，唯獨答案不會改變——這就是她的意思。如同不存在般的快樂時光，將永遠持續下去。

「你們覺得呢？」

「這個嘛……我……」

被由比濱這麼一問，我不知道該如何回答。

直接從結論倒推回去，就算在方程式上動一點手腳，或是捏造證明，最終仍然會導出這個答案。雖然照理來說，這是辦不到的事，但如果有讓人言聽計從的強制力——不，應該說是贖罪券，就有辦法實現這個願望。

如果像這樣事先準備好藉口，那我肯定有辦法讓自己接受。

我開始覺得，即使會感到些許不對勁，如果像今天這樣的時光能一直持續下去，應該也能算是一種幸福。

最重要的是——

由比濱大概沒有錯。我總覺得，只有她一直都能找到正確的答案。只要接受她的提議，一定會很輕鬆吧。不過——

讓扭曲的事物繼續扭曲下去，真的正確嗎？這就是我一直希冀的東西嗎？

由比濱溫柔地看著咬緊牙關，無法回答的我。然後，她輕輕拉起站在旁邊的雪之下的手。

「小雪乃，這樣行嗎？」

由比濱用對小孩說話的口吻問道。被她這麼一問，雪之下的肩膀抖了一下。

「我……」

她別開視線，不敢看向由比濱，但還是用細微的聲音斷斷續續地開口，努力試著回答問題。

看到她那副模樣的瞬間，我的直覺告訴我——

啊啊，這樣不對……這是錯誤的。

雪之下沒道理把自己的未來託付給別人。

由比濱也沒道理說自己是個卑鄙的女生。

「那樣的話，我……」

「不。」

為了阻止她繼續說下去，我往前踏出一步。聽到我提高音量這麼說道，雪之下一臉訝異地看過來。

「我不接受這個提議。雪之下的問題應該由雪之下自己解決。」

我握緊拳頭，定睛注視著眼前的由比濱。由比濱也緊閉雙唇，用過去未見的認真神情看著我。

由比濱結衣是溫柔的女孩——這只是我單方面的認定。

雪之下雪乃是堅強的女孩——我只是把自己的理想強加在她身上。

長期下來，我一直這麼催眠自己，安於這樣的一切。不過，也正因如此，才不能把一切責任都丟給她們。我不能用那份溫柔當避風港，也不能用謊言回報那份溫柔。

因為由比濱結衣是溫柔的女孩，雪之下雪乃是堅強的女孩。

「……再說，這只不過是欺瞞吧？」

說出的話語隨著波濤消失。浪花拍打上岸，又退回海裡，這樣的循環不知重複了多少次。

所有人都不發一語。

雪之下眼眶泛紅，嘴唇微微顫抖，由比濱眼神溫柔，輕輕點頭，等待我的下一句話。

「不管是曖昧的答案，還是虛偽的關係……我都不想要。」

我想要的是其他東西。

我知道自己是個笨蛋。

明明知道那種東西根本不存在，明明知道鑽牛角尖也無法獲得任何結果。

可是——

「儘管如此，我還是想好好思考……痛苦掙扎。我……」

努力擠出的話語早已不成聲音。

我很清楚這樣是不對的。也許自己覺得開心就好。如果能成天想著可能成真的未來和光明的願景過日子，世上應該就不會有痛苦的人了吧。

儘管如此，我還是想堅持理想。因為我並沒有堅強到能夠活在夢境之中。我也不想懷疑自己，導致最後不得不對重要的人撒謊。

所以，我想得到答案。我想得到毫無虛假，自己所期望的答案。

當我吐出溫熱的氣息，明白自己再也說不下去時，由比濱筆直看著我的臉。

「……我就知道你會這麼說。」

由比濱露出溫柔的微笑，眼淚在同一瞬間從臉頰上滑落。不知道我又如何？希望不要是太難看的表情。

我和由比濱看著彼此的臉，互相點了點頭。

我和她的願望都沒有形體。但是我想像得到，兩者大概有些不同，沒辦法完全契合吧。

就算是這樣，也不表示兩者絕對無法同時顧及。

大家把想說的話都說出來後，說不定能找到可以妥協的地方。我懷著這樣的想法，看向雪之下。

雪之下揪著自己的胸口，用泛淚的雙眼看向我和由比濱，不安的眼神虛幻地飄忽不定。

直到她發現我的眼神一直在等待著回答，她稍微吸了一口氣。

「……不要擅自決定我的心情。」

雪之下有些鬧彆扭地說道，輕輕擦了擦眼角。

「而且，這可不是最後。比企谷同學，你的委託也還沒解決。」

我有什麼委託……我正要開口問回去時，被由比濱先發出的輕笑聲打斷。她向雪之下點頭示意。

她們像是擁有共同的祕密，看著對方默默微笑。

「……還有一件事。」

雪之下收起笑容，用美麗的面容看向我和由比濱。

在我們等待著下一句話的時候，她往前踏出一步。

往我們的方向——

輕輕踏出一步——

「……你們可以聽聽我的委託嗎？」

雪之下露出難為情的笑容，由比濱也笑了起來。

「嗯，快說吧。」

由比濱也往前踏出一步，伸出自己的手。

最後，沒入大海的夕陽，在白色畫布上留下一幅影繪。

那幅影繪模糊不清，若隱若現，形狀詭異，完全看不清輪廓。

不過，兩道人影確實連結在一起。

如果說，願望有所形體——

那肯定會是——

後記

各位晚安，我是工作。

當我發現時，季節早已進入初夏，天氣也熱了起來。儘管如此，偶爾也會突然變冷一下。這種季節總是讓人找不到能穿的衣服。

不知道天氣是要熱還是要冷之下，人們便容易選擇乾脆不要走出家門，但我這個社畜根本沒有選擇的餘地。

因此，我每天出門上班前，都會想著「今天穿這件衣服好嗎……告訴我吧，PICO（註31）！」。

雖然衣服穿搭沒有絕對正確的答案，但還是存在著錯誤的選擇。剛才提到的天氣和氣溫也是基準之一，另外還有商業禮儀上的基準，以及各種店家的穿著規定。簡單來說，別人的評價也是一樣。

如果對自己的服裝品味沒有信心，走在街上就會莫名地感到不安，有時候甚至神經兮兮地懷疑「剛才那個人好像在取笑我的服裝……啊，這個人也是……太陽公公也在笑……連……連小狗都在偷笑……嘟嘟嘟嚕噠噠噠！」然後發起瘋來……才

註31　日本藝人暨時尚評論家杉浦克昭的外號。

不會咧。

除了這些客觀因素，自己也會有「總覺得今天這身衣服不太好看♪」之類的想法吧。

如果在對自己抱持疑惑之餘，還要在正確與錯誤、主觀與客觀等等的選擇間搖擺不定，最後到底要穿什麼的衣服才對呢？

我就是懷著這樣的心情，寫下《果然我的青春戀愛喜劇搞錯了。》第十一集。

以下是謝辭。

Ponkan⑧神，您又成神了嗎？許久沒有登上封面的比濱小姐真是太棒了！超可愛的！我愛死了！非常謝謝您！

責編星野大人，哇哈哈哈！哎呀，真是不好意思啊！哇哈哈哈！那個……給您添了這麼多麻煩，真是非常抱歉。感謝您的幫忙。安啦，下次一定沒問題的啦，哇哈哈哈！

跨媒體平臺的所有夥伴，電視動畫以及許多方面的事情都承蒙各位費心了。我今後也會繼續努力，希望大家也能多多關照。非常感謝各位。

各位讀者，儘管依然不斷搞錯，在同一個地方持續打轉，但也總算來到第十一集，這個故事終於要進入高潮了。如果各位願意連著動畫和漫畫，一起陪伴這部作品到最後的最後，我會非常開心。感謝大家的支持。

那麼，篇幅也用得差不多，這次請容我在這裡放下筆桿。

我們《果然我的青春戀愛喜劇搞錯了。》第十二集再見！

五月某日，無論如何都堅持喝著ＭＡＸ咖啡　渡航

浮文字

果然我的青春戀愛喜劇搞錯了。11

（原名：やはり俺の青春ラブコメはまちがっている。11）

著者／渡航
譯者／陽炎
執行長／陳君平
協理／洪琇菁
執行編輯／石書豪
內文排版／謝青秀
出版／城邦文化事業股份有限公司　尖端出版
台北市中山區民生東路二段一四一號十樓
電話：（〇二）二五〇〇一七六〇〇
傳真：（〇二）二五〇〇一二六八三
E-mail：7novels@mail2.spp.com.tw
發行／英屬蓋曼群島商家庭傳媒股份有限公司城邦分公司　尖端出版
台北市中山區民生東路二段一四一號十樓
電話：（〇二）二五〇〇一七六〇〇（代表號）
傳真：（〇二）二五〇〇一一九七九
中彰投以北經銷（含宜花東）／楨彥有限公司
電話：（〇二）八九一九一三三六九
傳真：（〇二）八九一四一五五二四
雲嘉經銷／智豐圖書股份有限公司　嘉義公司
電話：（〇五）二三三一三八五二
傳真：（〇五）二三三一三八六三
南部經銷／智豐圖書股份有限公司　高雄公司
電話：（〇七）三七三一〇〇七九
傳真：（〇七）三七三一〇〇八七
一代匯集／香港九龍旺角塘尾道六十四號龍駒企業大廈十樓B&D室
電話：（八五二）二七八三一八一〇二
傳真：（八五二）二七八二一一五二九
馬新經銷／城邦（馬新）出版集團Cite (M) Sdn. Bhd.
E-mail：cite@cite.com.my
法律顧問／王子文律師　元禾法律事務所
台北市羅斯福路三段三十七號十五樓
二〇一六年四月一版一刷
二〇二四年二月一版十刷

封面插畫／ponkan⑧
內文審校／森戶森麻
榮譽發行人／黃鎮隆
國際版權／黃令歡、高子甯、賴瑜姈
美術編輯／李政儀

YAHARI ORE NO SEISHUN LOVE COME WA MACHIGATTEIRU. 11
by Wataru WATARI

Illustrations by ponkan ⑧

Original Japanese edition published by SHOGAKUKAN.
Traditional Chinese translation rights arranged with SHOGAKUKAN through The Kashima Agency.

■日本小學館正式授權繁體中文版■

郵購注意事項：

1. 填妥劃撥單資料：帳號：50003021戶名：英屬蓋曼群島商家庭傳媒(股)公司城邦分公司。2. 通信欄內註明訂購書名與冊數。3. 劃撥金額低於500元，請加附掛號郵資50元。如劃撥日起 10～14日，仍未收到書時，請洽劃撥組。劃撥專線TEL：(03) 312-4212 ・ FAX：(03) 322-4621。E-mail：marketing@spp.com.tw

國家圖書館出版品預行編目資料

果然我的青春戀愛喜劇搞錯了。11 / 渡航作 ；
陽炎譯. — 初版. — 臺北市 ： 尖端, 2016.04
面 ； 公分
譯自 ： やはり俺の青春ラブコメはまちがっている。11
ISBN 978-957-10-6511-3(平裝)

861.57 104008516